후안 헬만 Juan Gelman

"아직 상처는 아물지 않았다. 치유는 진실과 정의이다."

스페인어권의 노벨문학상이라 불리는 세르반테스 상 수상 연설에서 후안 헬만은 망각에 맞서는 기억, 진실의 힘을 이야기했다. 조국 아르헨티나의 군사 통치 압제하에서의 상실과 고통을 노래한 그의 시는 강력한 사회적 헌신을 보여 주면서도 삶을 찬양하고 '언어의 음악성과 리듬이 어우러진다'는 평가를 받는다. "그는 몸속 속속들이 시를 잉태하고 있다."고 혹자는 말한다.

아주 어렸을 때 열성적인 독서가였던 형이 헬만에게 러시아어로 된 시를 읽어 주었다. 러시아어를 전혀 몰랐지만 이 영향으로 시에 관심을 갖게 된다. 아홉 살 때 도스토옙스키의 《상처받은 사람들》을 읽은 뒤 며칠 동안 열병을 앓는다.

많은 문학 그룹들의 일원으로 활동하면서 군부 독재에 맞서 열성적으로 활동하던 그는 결국 강제로 망명의 길에 오른다. 시에 있어서는 당시 문학의 신적 존재였던 파블로 네루다, 옥타비오 빠스 등의 세계를 부인하며 그 자신의 길을 끊임없이 모색한다. "한 사람의 시인이 할 수 있는 일이란 그저 그가 본 것을 묘사하는 것뿐이다." 그리고 그는 말한다. "나는 결코 나의 육신의 소유자였던 적이 없다."

중남미 현대시의 흐름을 바꾼 페루 출신의 세사르 바예호의 후계자로 불리는 후안 헬만은 어렵고도 놀라운 언어의 결합을 가진 시인이다. 누구도 그만큼 비탄에 빠진 시인은 없을 것이다. 그는 자신의 운명, 또한 많은 라틴 아메리카인들의 운명을 견뎌냈다. 개인적인 비극을 집단적 차원으로 승화시킨 그의 시는 중남미의 뜨겁고 아름다운 불길을 담고 있다. 2006년 발표한 《시선들》에서는 개인적 삶으로 시선을 돌리는 모습이 나타났고, 2009년 시집 《낯선 빗줄기 아래서》를 발표했다. 2010년 노벨문학상 후보에 올랐다.

> 당신은 왔고
> 나는 당신을 보지 못했다
> 당신은 어디에 숨어 있는가?
> 마침내 어떤 것도 당신으로부터
> 나를 돌려 세우지 못할 것인가?

나는 아무것도 쓰지 않았다
하지만 왼편의 푸른
새들이 노래를 불렀고

네 어둠 속으로 날아
한밤의 기억처럼
두 눈을 뜬 채 입을 다물었다

Poema

Entre los adelantos médicos figuran
el by-pass para que siga el corazón,
el láser que entre en la vesícula
por un agujerito y
muchos otros que empujan al cuerpo
contra lo desconocido.
Esta semejanza de la vida
provoca el lento de la razón.
Nadie estudia los nervios
de la estupidez, las arterias
del mal, las medidas del dolor, los huesos
de tanta angustia que gira por ahí
con trazado oscilante.
Hay quien dice que es inútil
porque no hay remedios,
no hay farmacias del alma.
Hay quien dice que esta noche
es igual a todas las noches.
Pero en esta noche canta
lo que nunca tendremos

y el pasado es un pájaro ciego
que te había visto.
En el vacío de tu imagen
brillaba el ancho sol.

Juan Gelman

새 한 마리 내 안에 살았지

새 한 마리 내 안에 살았지

후안 헬만 _ 성초림 옮김

문학의숲

차례

묘비명 _11

어느 실직자의 기도 _12

너에 대한 내 소망, 그 사막에 나는 불구처럼 앉아 있다 _14

사랑의 부재 _15

기도 _16

가을의 등장 _17

우리가 하는 게임 _18

경계선 _19

신원 증명, 인적 사항 _20

지금은 _21

그것 _22

도둑 _23

사랑 공장 _24

사진들 _28

시학 _29

파리에 닻을 내리다 _30

내 사랑 부에노스아이레스 _32

의견들 _33

최후 _34

고탱 _36

삶에 이끌린 한 여자 한 남자… _38

습관 _39

망각 속에서 나는 쓴다… _40

아는 게 별로 없다 _41

세 피니 _42

저널리즘 _43

업무 _45

또다시 5월 _46

그렇다 그렇다 _47

이제 그만… _48

질문들 _49

칼 _50

편지_51

지금 우나? _52

모든 시는 자본주의에 적대적이다 _53

노래 _55

분명 난 죽을 테고… _56

잠잠해지는 사랑은, 끝나는 건가? _57

협박과 약속으로 독약과 쑥으로 _58

확신 _60

분노 _62

코멘트 1 _64

코멘트 11 _66

XVI _67

노트 1 _8

노트 2 _70

노트 5 _72

노트 9 _73

노트 12 _75

진정한 지옥 _77

지금 _79

경제는 과학이다 _81

문 _85

비 _86

네 두 눈은 얼마나 아름다운지… _88

널 사랑하는 건 이런 것… _89

넌 나무들과 얘길 나눈다… _90

새 한 마리 날다가 그만둔다… _91

현실은 죽음에 입 맞추는… _92

당신의 쾌활함에는 죽음을… _94

말하는 걸 침묵시키는 말은 _95

파고들어 가 _96

알다 _97

귀환 _98

카툴루스 _99

바퀴들 _101

바퀴 _102

해설 왜 후안 헬만인가·성초림 _103
에세이 자네의 심장은 바이올린이라 했지·구광렬 _114
손자에게 보내는 편지·후안 헬만 _129
후안 헬만, 23년 만에 실종되었던 손녀와 만나다 _134
출전 _137

넌 내 안에, 너무

생생하게 내 안에

있으니까,

내가 죽으면

너도 죽어질 것이니까

묘비명

새 한 마리 내 안에 살았다.
꽃 한 송이 내 피를 떠돌았다.
내 마음은 바이올린이었다.

사랑했다, 사랑하지 않았다. 하지만 때로
나를 사랑해 주었다. 봄,
맞잡은 두 손, 행복함에 나도 즐거웠다.

내 말은 사람은 그래야 한다는 것이다!

(여기 새 한 마리 눕는다.

        꽃 한 송이.

                바이올린 하나.)

어느 실직자의 기도

아버지,

    하늘 높은 곳에서 내려와 보시오, 할머니, 그 가엾은 이가
가르쳐 준 기도는 잊어버렸소, 그분은
이제 편히 쉬신다오,
빨래도 청소도 안 해도 되고, 종일
입을 거리 걱정도 안 해도 되고,
밤새워 애닯게 애닯게
기도할 일도, 아버지에게 애원하고, 슬며시 투덜거릴 일도 없소.

하늘 높은 곳에서 내려와 보시오, 하느님이 있다면, 그렇다면
내려와 보시오,
난 이 모퉁이에서 굶어 죽을 지경이오,
뭣 땜에 태어났는지 도통 모르겠소,
거절당한 손을 바라보고 있소,
일이 없어요, 일이,
        좀 내려오시오, 와 보시오,
내 꼴을, 이 찢어진 신발을,
이 고뇌, 이 텅 빈 창자,
내 한 입 채울 빵 한 쪽 없는 이 도시, 온몸을

파고드는 신열,

　　　　　이렇게 비를 맞으며

잠들어, 추위에 떨고 쫓기니

정말 알 수가 없소, 아버지, 내려와 보시오,

내 영혼을 어루만지고, 내 마음을

들여다봐 주시오,

난 도적질도, 살인도 하지 않았고, 그저 어린아이였을 뿐

그런데도 날 때리고 또 때리고

정말이지 알 수가 없소, 아버지, 정말 하느님이 있다면,

내려와 보시오, 내 안에서

체념을 찾지만 그런 건 없소, 이 분노를 움켜쥐고,

날을 세워 나도 때려 보렵니다.

목구멍에 피가 차오르도록 소리칠 테요,

더 이상은 못하겠으니까, 나도 창자가 있고

나도 사람이니까,

　　　　　내려와 보시오, 당신의 피조물을

어떻게들 만들어 버렸습니까, 아버지?

　　　　　거리에서 돌멩이를 씹는

성난 짐승 아니오?

너에 대한 내 소망,
그 사막에 나는 불구처럼 앉아 있다

난 천천히 밤을 마시는 일에 익숙해졌다, 네가
밤에 머문다는 걸 알기 때문이지, 어디든 꿈을 심으면서 말이야.

한밤의 바람이 내 두 손 안에 흔들리는 별들을 쓰러뜨린다,
위로할 길 없는 과부 같은 네 머리칼은 여전히 체념을 모르고.

내 마음엔 네가 씨 뿌려 둔 새들이 야단법석
그래서 가끔은 새들이 바라는 자유를 주려 한다
얼음장 같은 칼날을 쥐고, 네게로 돌아가려고.

하지만 그렇게 될 수는 없어. 넌 내 안에, 너무
생생하게 내 안에 있으니까, 내가 죽으면 너도 죽게 될 것이니까.

사랑의 부재

어떨까 내가 묻는다.
어떨까 내 옆구리에서 너를 만지는 것은.
허공중을 미쳐 걷고
걷는다 걷지 않는다.

어떨까 그렇게 머나먼
네 가슴속 나라에서 잠을 청하는 것은.
가엾은 그리스도가 되어 못 박히고 또 못 박히면서
네 기억을 향해 걷는다.

어찌라도 될 테지.
어쩌면 내가 기다렸던 모든 것이 내 몸을 터뜨려 버릴지도.
그러면 네가 나를 기분 좋게 먹어 치울 테지.
한 조각 한 조각.

돼야 할 것이 되어야지.
네 발이든. 네 손이든.

기도

내게 머무소서, 내게 스며들어 오소서.
당신의 피가 내 피와 같은 그것이 되게 하소서.
당신의 입이 내 입으로 들어오게 하소서.
당신의 심장으로 내 심장이 커져 터져 버리게 하소서.
나를 발기발기 찢으소서.
내 창자 속으로 온전히 떨어지소서.
당신의 손이 내 손 안에 있게 하시고
당신의 발이 내 발, 당신의 발 안에 걸음을 옮기게 하소서.
나를 태우소서, 나를 태우소서.
당신의 감미로움이 내게 넘치게 하소서.
당신의 침으로 내 입을 적시고
막대기 속에 목재가 남듯 그렇게 내 안에 남으소서.
나를 태우는 이 목마름 때문에
난 이제 그럴 수 없으니.

나를 태우는 이 목마름 때문에.

고독, 까마귀, 개, 그 조각들.

가을의 등장

널 사랑한다 말해야 했다.
하지만 가을이 제 문을 내 영혼에 못 박으며,
몸짓을 보내고 있었다.

사랑하는 이, 그대여, 가을을 맞이하라.
그를 맞으러 가라, 어머니 가을의 온화함이
네 것이 되도록.
그를 맞이하러 가라, 그를, 잔혹한 가을을,
내 마음 기대는 다정한 가을을.

그를 맞으러 가라, 사랑하는 이여.
지금 이 순간 그대를 사랑하는 그는 내가 아니다.
내 안에 있는 그, 가을이 만들어 낸 것.
천천히 순수를 죽이는 것.

우리가 하는 게임

나보고 고르라고 한다면, 난
우리가 많이 아프다는 걸 알 수 있는 이 건강함을,
이렇게 불행하게 살 수 있는 행운을 택하리라.
나보고 고르라고 한다면, 난
순진하지 않을 수 있는 이 순진함을,
부정不貞하게 살 수 있는 이 순정함을 택하리라.
나보고 고르라고 한다면, 난
그로 말미암아 증오할 수 있는 이 사랑을,
절망에 찬 빵을 먹는 이 희망을 택하리라.

하지만, 여러분, 여기에서
난 내 목숨을 건 내기를 한다오.

경계선

누가 말한 적 있나, 여기까지가 목마름,
여기까지가 물이라고?

누가 말한 적 있나, 여기까지가 공기,
여기까지가 불이라고?

누가 말한 적 있나, 여기까지가 사랑,
여기까지가 증오라고?

누가 말한 적 있나, 여기까지가 사람,
여기까지는 아니라고?

희망만이 말끔한 무릎을 가지고 있다.
그 무릎에 피가 흐른다.

신원 증명, 인적 사항

세상 하늘 아래 거닐며
새벽녘 불빛을 찾고
불씨 돌보듯 생명을 돌보는 이들이
날 만드셨다.

감격에 겨워 노래하는 빛을 돌보는 법을 내게 가르치셨고
꿈꾸는 것만으로는 충분치 않은 희망을 내게 가져다주셨으며
그 희망으로 난 내 형제들을 만났다.

이제 내 성姓을, 거울 속 내 얼굴을 보며
미소 짓는다.
이것들이 내게 속하지 않았음을 나는 안다
그 사이에서 당신들은 손수건을 흔들고
손 하나 내민다 나를 홀로 남겨 두지 않는 손.

당신들 속에서 나의 죽음은 마침내 죽음을 맞이한다.
우리가 준비하고 있었을 미래의 몇 년간
당신들은 내 순수에 대한 믿음을 지켜 주실 테지,
세상을 전부 모으면 한 천진한 아이가 되리라는.

지금은

난 네게 나의 피, 나의 소리,
나의 손, 나의 머리를 모두 맡겨 버렸어,
그리고 달콤한 오월의 어느 가을날[1] 같은
내 삶의 주인, 고독도,
그리고 하나 더, 나의 망각도,
네가 다 부숴 버리라고, 그래서 네가 오래도록
한밤중, 폭풍우 속에, 불운 속에
머물라고,
그리고 또 하나 더, 네게 나의 죽음도 주었어,
어둠의 물결 사이로 네 얼굴이 올라오는 걸 볼 테야,

그래도 아직 널 안을 수가 없어, 너는 불길 솟아오르듯
날 허물고, 날 세우고, 너는 빛처럼 어둡다.

---

1 _ 시인의 고향 아르헨티나는 지구 남반구에 위치해 계절이 우리와 정반대이
다. 따라서 5월은 가을이 한창 무르익는 시기이다.

그것

여기 가로누운 선들 아래
고통에 맞서, 죽음에 맞서
싸우는 데 익숙한 피조물이 있다.

아마 그래서 멜로드라마를 좋아했겠지,
말 그대로, 필사적인
제 시대의 가슴 아픈 이야기들을.

술 취한 이처럼 천천히 거리를 걸었고,
삶의 무게를 지탱하면서 비틀거렸다,
그 얼굴에서는 오로지 이제 사라져 버릴 모습만 찾을 수 있었
어.

그 얼굴이 밤물결 사이에서 입 맞추곤 했다.

도둑

고요하고 어두운 밤,
모든 인간 존재 아니 동물에게서 도망쳐,
소리 내지 않고, 몰래
자신을 위해, 모두를 위해, 언제고 알지 못할 사랑을 위해,
말$_語$의 불, 불의 말$_語$을 훔친다.
그리고 차가운 재가 그의 손을 벌한다.

사랑 공장

1.
그리고 난 너의 얼굴을 지었다.
사랑의 예감으로 어린 시절 머나먼 앞마당에
너의 얼굴을 세우곤 했다.
부끄럼 많은 목수,
나는 이 세상에서 자취를 감춰
네 모습을 새기고
네게 목소리를 주고, 네 침 속에 달콤함을 더했다.
내 피로 너를 그리며
한여름 빛으로 감싸 안지도 못하고
몇 번이나 떨었는지.
내 순수한 이여
너는 몇 번의 계절로 만들어졌고
또 너의 기품은 몇 번의 황혼처럼 흘러내린다.
며칠의 노동으로 네 손을 지어내고
고독에 맞선 끝없이 많은 입맞춤이
먼지 속에 네 걸음을 가라앉혔다.
너를 위해 미사를 드리고, 인생의 모든 길에 너를 노래했다,
내 그림자 깊숙이 네 이름을 모두 적고,

내 침상에 널 위한 자리를 만들고,
밤이면 밤마다 보이지 않는 물띠, 널 사랑했다.
그렇게 침묵이 노래했다.
몇 년이고, 네 영혼의 소리 하나 들을 때까지
나는 그렇게 너를 만들려고 일했다.

2.

두 팔을 높이 들어라, 그 팔이 밤을 가둔다, 내 목마름 위에 그
밤을 풀어 놓아라,
북소리, 북소리, 나의 횃불.

그 밤이 종鐘 하나로 우리를 덮었으면,
사랑 한 번 칠 때마다 부드럽게 울렸으면.

내 어둠을 묻어다오, 재로 나를 씻어다오, 고통에서 나를 파내
고,
내 숨결을 씻어다오.
자유로운 너를 사랑하고 싶다.

이렇게 되라고 넌 세상을 파괴한다,
이렇게 되라고 넌 세상을 시작한다.

3.
넌 내 손을 사랑해 주었고 그 손은 가을과 함께 추락해 버릴
걸.
넌 내 목소리를 사랑했고 그 목소리는 이제 부서져 버렸지.
내 얼굴은 순수를 잃은 돌처럼 네 위에서 터져 버렸다.
나를 사랑하고 또 사랑했지.
어둠의 주인이 내게서 도망치도록.

나를 부숴 버렸지 네 피로 만든 피조물처럼
노래하는 빛의 사람이 되라고.

4.
추억에서 네 몸의 향기 올라와 네가 되었으면.
밤이 너의 감미로움을 돌려주었으면.
이전의 그 떨림으로 네 손길을 주었으면.
두 눈이 담아 둔 모든 것에서 네 눈길이 다시 돌아왔으면.

사랑의 비둘기
때로 넌
자유롭게 순수하게 솟아올라
빙빙 돌며 하늘처럼 노래하고 세상을 가득 채운다.

5.
어두운 밤 아래 아이처럼 너를 노래한다.

비밀을 담은 상자, 심오한 놀이들,
빠르게 도는 손수건 같은 가을의 떨림,
네가 되라고 거기서 너를 노래한다.

순수의 여인,
정갈한 입으로 네 이름 하나하나 말하고,
그 이름에서 흘러내리는 어스름 속에 얼굴을 둔다,
어두운 밤 아래 너의 이름으로 불을 피운다.

사실 이 말이 하고 싶다. 너로 인해 나는 죽음에 맞선다.

사진들

오래된 사진 속 네가 없는 내 얼굴,
네가 아픔처럼, 망각처럼 남은 그 뺨을 보며,
내게서 떨어져 나간 그 많은 슬픔으로
지금 중국에선 뭣들 할까 생각한다,
네 이름처럼 한가운데 불을 지닌 채
황금과 감미로움 가득한 또 다른 인간의 가을마냥
그렇게 커 가고 있을까, 아니면
내가 이 세상에서 정의를 발견하고
그게 너의 얼굴 같았을 때처럼
9월
항저우의 연꽃들 사이에서 네가 바스락거릴까,
그러니까, 널 사랑한다.

시학

그 많은 일들 중에 난 내 것이 아닌 이 일을 하고 산다,

밤이고, 낮이고,
아플 때도, 사랑할 때도
비를 맞아도, 재난이 와도,
순수의, 아니 영혼의 두 팔을 벌릴 때도,
병들어 두 손을 늘어뜨려도
무자비한 주인처럼
일을 시킨다.

타인의 고통,
눈물과, 땀에 젖은 손수건과,
가을 한가운데의, 아니면 불의 약속이
만남의 입맞춤, 헤어짐의 입맞춤이 내게 이 일을 강요한다,
모든 것이 내게 말로, 피로 일하라고 강요한다.

한 번도 내 잿더미, 내 시詩의 주인이 되지 못했다,
어두운 얼굴들이 죽음에 대항해 몸을 던지듯 그렇게 시를 쓴다.

파리에 닻을 내리다

내가 그리워하는 것은 동물원 늙은 사자,
우린 언제나 불로뉴 숲¹에서 차를 마시곤 했어,
남 로디지아에서의 모험에 대해 내게 얘기해 주곤 했지만
거짓말이야, 한 번도 사하라를 벗어난 적이 없었던 게 분명해.

어쨌든 그 우아함이 맘에 들었어,
인생의 사소한 일 앞에서 어깨를 으쓱해 보이던 그 모습 말이야,
카페 창문으로 프랑스 사람들을 바라보면서
이렇게 말하곤 했지, "멍청한 녀석들일수록 애를 많이 싸지르지."

자기가 먹어 치운 영국인 사냥꾼 두세 명에 대한
불쾌한 기억을 떠올리며 우울해하기도 했어,
"다 먹고살려고 하는 일이니까." 카페 거울로
제 갈기를 바라보며 생각에 잠겨 말했었지.

그래, 많이 보고 싶어,
절대 먹은 것에 돈은 내지 않았어도,
자기가 남긴 팁을 발로 가리키면

웨이터들은 특히 공손하게 인사를 하곤 했지.

석양 언저리에서 헤어지곤 했어,
그는 오피스로 돌아갔었지,
말 그대로 한 발을 내 어깨에 얹으며 충고를 하는 것도 잊지
않았어.
"여보게, 파리의 밤을 조심하게."

정말로 많이 보고 싶어,
그의 두 눈은 가끔씩 사막으로 가득차곤 했었지만
신부神父처럼 입을 다물 줄도 알았어,
감정이 북받쳐, 북받쳐 오를 때면,
난 그에게 카를리토 가르델² 이야기를 들려주었다네.

---

1 _ 파리 서부에 위치한 8,459km² 크기의 공원. 경마, 놀이공원 등을 갖추고
있으며 밤이면 환락가로 변한다.
2 _ 카를로스 가르델(Carlos Gardel, 1890-1935)의 애칭. 탱고에 큰 영향을
끼친 음악가. 전성기에 비행기 사고로 숨져 라틴아메리카에서 비극적인
영웅으로 회자되고 있다.

내 사랑 부에노스아이레스

밑 빠진 의자 모서리에 앉아,
울렁증에 병들어 다 죽어 가면서도,
내가 태어난 도시가 이미
흐느꼈던 시를 쓴다.

그 시를 붙들어야 한다, 여기에서도
내 사랑스런 아이들
그 많은 형벌 가운데서도 널 아름답게 하는 아이들이 태어났
으니까.
저항하는 것을 배워야 한다.

가 버리는 것도 말고, 머무는 것도 말고,
저항하는 것을 배워야 한다,
분명 더 많은
아픔과 잊혀짐이 있을지라도.

의견들

한 남자가 격렬히 한 여자를 원했고,
몇몇 사람이 보기에 좋지 않았다,
한 남자는 미칠 듯이 날고 싶었고,
몇몇 사람이 보기에 결코 좋지 않았다,
한 남자가 열렬히 혁명을 원했고
헌병대의 의견에 맞서
거기 있어야 했던 메마른 담벼락을 기어올랐다,
가슴을 열고, 제 심장 가까이의 것들을 꺼내 놓으며
한 여자를 격렬하게 흔들었다,
세상의 천장을 미친 듯이 날았고
그리고 민중은 깃발을, 태웠다.

최후

한 남자가 죽었고 사람들이 찻숟가락으로 그의 피를 모으고
있다.
친애하는 후안, 넌 마침내 죽었다.
따스함에 적신 너의 조각들은
네겐 아무 소용이 없었다.

네가 작은 구멍으로 사라져 버리는데
어떻게 누구라도 손가락으로 구멍을 막아
널 여기 남아 있게
해 주지 않는 거지.

죽기 전에
세상 모든 분노를 다 먹어 버렸을 테고
그다음엔 유골에 기대
슬퍼하고 또 슬퍼했었지.

형제여, 너를 이미 땅 밑으로 내려놓았어,
땅이 너로 인해 떨고 있다.
불멸의 분노가 밀쳐 내는

그 손이 어디에서 싹트는지 잘 지켜보자고.

고탱[1]

그 여자는 "결코"라는 말과 닮아 있었지,
목덜미에서부터 독특한 매력이 솟아났어,
두 눈에 담긴 걸 간직해 둔 일종의 망각이랄까,
그 여자가 내 왼편 옆구리에 자리를 잡았어.

주목 주목 내가 주목하라고 외쳤지만
그 여자는 사랑처럼, 밤처럼 밀려왔어,
내가 가을에게 보낸 마지막 신호들이
그녀 손의 물결 아래 평온히 잠들어 있었지.

내 안에서 성마른 소음이 터져 나왔고,
분노, 슬픔이 조각조각 떨어져 내리는데,
고독 속에 멈춰 선 내 뼈 위로
여자는 감미롭게 비가 되어 내렸어.

여자가 가 버렸을 때 난 사형수처럼 벌벌 떨었어,
거친 칼로 내 목숨을 끊었지,
여자의 이름을 품고 누워 죽음을 다 지나쳐 버릴 테야,
그 이름으로 마지막 한 번 내 입을 움직일 거야.

1_ 아르헨티나의 '탱고(Tango)' 음절을 바꾸어 만든 신조어. 원어로도
    Gotan이다.

삶에 이끌린 한 여자 한 남자…

삶에 이끌린 한 여자 한 남자,
한 여자 한 남자 얼굴을 맞대고
밤에 머문다, 그 두 손으로 흘러넘친다,
어둠 속에 자유로이 오르는 소리가 들려오고,
둘이 함께 만들어 낸 아름다운 어린 시절
태양이, 빛이 가득한 그곳에 머리를 누인다,
서로의 입술로 묶인 한 여자 한 남자가
천천히 기억으로 밤을 채운다,
타인 속에서 더 아름다운 한 여자 한 남자가
지상에 제자리를 차지한다.

습관

우리가 집을 짓는 건 집에 머물려고 그러는 게 아니다
우리가 사랑을 하는 건 사랑 안에 머물려고 그러는 게 아니다
그리고 죽으려고 죽는 것도 아니다
우리는 짐승 같은 갈증과
참을성을 가지고 있다

망각 속에서 나는 쓴다…

망각 속
밤의 불빛 하나하나
너의 얼굴 하나하나에 나는 쓴다.
그러면 널 내 것으로 잠재우는
돌 하나 있다,
아무도 모르는 돌,
난 네 감미로움 속에 마을을 세웠다,
난 그런 걸 괴로워했다,
넌 내 밖의 사람,
내겐 낯선 이로 속해 있다.

아는 게 별로 없다

너를 갖지 못하는 것이
와 달라고
네 이름을 부르는 것처럼
감미로울 수 있다는 걸 난 몰랐다
네가 오지 않아도, 네가 없다는 것이
네 생각 하나가 내 얼굴을 한 방 갈기는 것만큼
힘겨운 일일지라도

세 피니[1]

오늘 밤은 이제 그만 난 문을
닫는다 재킷을
입고 쪽지들을
간수한다
네 얘기밖에 하지 않은
네 행방에 대해 거짓말만 늘어놓은 쪽지들
나를 떨게 하는 네 몸

1 _ 프랑스어의 "C'est fini."를 소리 나는 대로 읽은 것. "모든 게 끝났다."는
의미.

저널리즘

오전 열 시 사법부 직원들이
자기들 여윈 봉급의 불의에 항의해 외치기 시작했다
열한 시 일련의 범죄적 조작 행위가 발각되었다
열두 시 민주 부르주아당은 민주적이고 부르주아적이라고 거
듭 밝혔다
시청에서는 회의가 있었고
생활비가 급등했다
장군 유니폼을 입은 채 아니면 셔츠바람에 얼굴을 맞대고 좋
은 포도주에 점심을 먹었다
경찰조직법에는 큰 변화가 없었다
오후 한 시 두 시 영광스런 국경일을 맞아
국내 다른 도시들은 도시 설립자들을
도시의 불한당들을 기념했다
각 지역 시청들은 상반된 결정을 부추겨
남쪽은 남쪽에 남아 있었다
대통령은 네 시에 열 번째 석유왕 칭호를 받았고
다섯 시에 난 지겨워졌지만 여섯 시에 너를 보았다
그 많은 세월이 지난 후 여섯 시에 너를 보고 나는 어린아이처럼
허둥거렸다.

지난날이 네 달콤한 가슴처럼 솟아오르고
격렬한 망각처럼 감미로운 여섯 시
이제 네 목엔 검버섯이 그런데 네 목소리는 지금의 것
그러므로 여섯 시에 너는 더 이상 뉴스가 아니었다
황혼이 지기 시작하고
사람들은 일터를 나오고
생활비는 급등하고
또 온 나라 사방팔방 구석구석에서
새로운 범죄적 조작 행위가 발각되었다

업무

해 뜰 무렵 그러니까 난 네 이름을 품고 일어나 무슨 좋은
소식인 양 다시 불러 보았어 그리고 물고기들 또
호랑이들 사이에서 네 이름을 부르고 노래했지 혹은 나라 안
얼굴들에 비친 반짝거리는 네 이름을 보여 주고 긴 칼 돌 태양
내 혀끝이 되어 버린
네 이름을 인질처럼 잘 품었어

또다시 5월

5월 네가 가을을 등에 지고
내 창문가를 지나며
마지막 이파리 빛으로
신호했을 때
5월 넌 내게 무슨 말을 하려고 그랬니?
어째서 너는 슬펐거나 네 슬픔 속에서 감미로웠던 거지?
결코 몰랐던 일이지만 언제나
거리의 황금빛 사이로 남자 하나 홀로 있었어

하지만 창문 뒤편
그 아이는 바로 나였지
5월 네가 내 두 눈을 품을 듯이
지나쳐 가던 때

그리고 그 남자는 나였을 거야
이제 기억이 나는군

그렇다 그렇다

바다처럼 착하고 곱고
내 침묵하는 얼굴들 앞에서 어둡다
태양 아래 여자는 광대하고
밤이면 여자의 깊은 곳 짐승이 탁탁 터져 오른다
발견하지 않은 땅
넌 아직 이름이 없다

이제 그만…

이제 그만
난 더 이상의 죽음은 싫어
더 이상의 고통, 아니 어둠도 싫어 이제 그만
내 마음은 한마디 말처럼 찬란하고

내 마음은 다시 고와졌어
떠올라 날아올라 내 마음을 노래하는 태양처럼
처음엔 새였다가
나중엔 네 이름이 된다

네 이름은 매일 아침 떠올라
세상을 덥히고 홀로
내 마음에 진다
내 마음에 태양

질문들

너는 내 피를 떠돌고
나의 한계를 알고,
한낮에 나를 깨워
너의 추억 속에 잠들게 하고
내게 넌 나를 향한 내 인내심의 분노,
말해다오 내가 도대체 무슨 짓을 하는 건지,
왜 네가 필요한지,
입을 다문 채, 쓸쓸히, 내 안을 떠도는 너,
내 열정의 이유,
왜 나는 나로만 너를 채우고 싶고,
너를 끌어안고, 끝내 버리고,
네 머리칼에 섞여 버리고 싶은지
그리고 왜 네가 망각이라는 짐승에 맞선
단 하나의 조국인지.

칼

너의 가슴 위 내 손 일을 멈춘
주방 그 시간 끓고 있는
커피 네가 쓰던
그 칼처럼
네 손 안에 있는 동안 어떤 빛으로
번쩍이던 혹은 떨고 있던
감미로운 우리 육체를 방해하지 않으려는
낮은 목소리의 웅얼거림

편지

선샌님, 공책
더하기 빼기 있는
아들놈 공책에서 떨어져 나온
종잇장에 네게 편지를 쓴다

절대 보내지 못할 이 편지는
환희와 슬픔을 담고 있어
그리고 네가 이 편지를 읽었을 때
넌 정말 다정해졌지

내가 아무것도 쓰지 않았거든
하지만 왼편의 푸른
새들이 노래를 불렀고

네 어둠 속으로 날아
한밤의 기억처럼
두 눈을 뜬 채 입을 다물었지

지금 우나?

그녀가 내 마음 위에 내려앉고 그 눌림 때문에
눈물이 나
슬퍼서도 놀라서도 아니고
기뻐서는 더욱 아니고
그러면
행복한 아침 언저리에
나는 왜 우는 거지?

모든 시는 자본주의에 적대적이다

모든 시는 자본주의에 적대적이다
메마르고 단단해질 수는 있지만 그건
가난해서가 아니라
공적인 부富에 공헌하지 않으려는 것이다

야위어 간다면 저항의
한 방법일 수 있다 목마름에
싯누렇게 변해 가는, 순정한 고통에
아파하는 배고픔이 있기 때문에 또

반대로 환각의 좁다란 골목을 열어 짐승들이
정처 없는 분노의 열기에 격렬하게
서로 짓밟으며 노래하는 것일 수도 또
상갓집 밤샘에서 우는 것처럼

죽음을 이겨 내는 또 다른 방법으로
자신을 부정하는 것인지도 모른다
오늘의 시인들
이 시대의 시인들은

무리에서 우리를 떼어 내 버렸고 일어날

일이 일어나면 보수주의자든 공산주의자든 정치무관심주의자
든

우리 모두 어떻게 될지 모르겠지만

모든 시는 자본주의에 적대적이다

노래

"네 머리카락이 자랐을 텐데"
외로워 내가 노래한다
그리고 네 머리칼을 쓰다듬는다

분명 난 죽을 테고…

분명 난 죽을 테고 유골로
아니면 재로 날 데려갈 테지
그러고는 말 몇 마디 해 주거나 재를 뿌리거나
그럼 난 완전히 죽은 걸 테지

분명 이 모든 게 끝이 날 거야
네 사랑 듬뿍 받은 나의 손이
다시 땅의 축축함을 생각할 테지

난 관棺도
수의壽衣도 싫어

진흙이 내 머리를 떠맡아 주었으면
오줌이 날 삼켰으면
이제
널 벗는다

잠잠해지는 사랑은, 끝나는 건가?

잠잠해지는 사랑은, 끝나는 건가?
시작하는 건가? 어떤 새로운 노년이
앞으로 그 사랑을 기다리는가?
어떤 광채가? 제게서 제 모습을

들여다보며 또 제 자신의
추억이 되고
제 자신을 먹어 치우며? 어떤 낡은

그림자가 그 정수리를 핥을까? 오, 내 나라를
찾아와 휩쓸고 낯선 바람처럼 가 버린
역병

협박과 약속으로 독약과 쑥으로

협박과 약속으로 독약과 쑥으로
미장이들이 왕의 집을 세웠어
하지만 이후에도 빈둥거릴 수가 없었지
죽음이 다른 일을 주러 왔거든

미장이들이 뼈만 앙상한 죽음에게 말했어
우리를 데려가지 마시게 아직 할 일이 남았어
벽을 곱게 덧칠해야 하고 석회 얼룩을
닦아야 하고 목수들은

문을 마무리하고 문틀을 다듬어야 하고
칠장이들은 아직 칠도 끝내지 못했는데
어째서 우리를 지금 데려가려 그래? 말했지만

죽음이 대답했어
여기와 똑같은 궁전이 필요해 여기보다
더 아름다운 궁전, 자네들이 일해 줘야겠네
그러고는 하는 일에 따라 일꾼들을 나눴지

마침내 이름난 담벽들을 지은 최고의 미장이
히라냐카 차례가 오자 세상 저편으로
보내려다가 죽음이 물었어
자네 마음은 어디 있나?

자네 마음도 함께 와야 하는데
난 마음이 없소 히라냐카가 대답했지
내 마음은 한 여자 안에 제 집을 지었소
오 죽음이여 나머지 내 마음은

이 나라 집들에서 볼 수 있을 거요
내가 세운 벽 하나하나에 내 마음 나머지가 있소
하지만 내 마음은
한 여자 안에 제 집을 지었다오

확신

테이블에 앉아 이렇게 쓴다
〈이 시로 네가 권력을 잡을 순 없다〉고
〈이 시구로 네가 혁명을 이룰 수는 없다〉고
〈수천 개의 시구로도 혁명은 이룰 수 없다〉고

또 있다. 이 시들이
짐꾼, 선생님, 벌채꾼들이 더 잘 먹고
더 잘살게 할 리가 없다 아니면
시인 혼자라도 잘 먹고 잘살게 할 리도
아니 한 여자의 사랑을 얻는 데도 쓸모가 없을 것이다

돈을 벌 수도
영화를 공짜로 볼 수도 없고
옷 한 벌 생기지도
담배도 포도주도 얻을 수 없을 것이다

앵무새도 목도리도 배도
황소도 우산도 얻지 못할 것이다
그 시로는 겨우 비가 그를 적실 뿐

용서에도 은혜에도 이르지 못할 것이다.

〈이 시로 네가 권력을 잡을 순 없다〉고 말한다
〈이 시구로 네가 혁명을 이룰 수는 없다〉고 말한다
〈수천 개의 시구로도 혁명은 이룰 수 없다〉고 말한다
그리고 테이블에 앉아 쓴다

분노

한 남자 한 여자가 서로의 사이에
이루어 내는 슬픔은 너무 거대해서
가지 위 서로 쪼아 대는
두 마리 새만큼이나
또 얼굴에 비치는 태양 아래
비를 맞는 바로 그 나무만큼이나 커다랗지

비가 올까? 오지 않을까? 그 새들이
노래할까?
한 남자 한 여자 사이 그 거대한 슬픔이
호수처럼 바다처럼 다가와 커져 갈까?

슬픔이 나무와 나무 사이 날아갈까?
방 안의 외로운 발자국처럼?
공중의 녹색 돌처럼?
널빤지처럼 다리처럼, 슬픔에 잠겨 버림받은 채로?

나뭇가지 하나, 호수에 떨어져 흘러가고
한 남자 한 여자가 서로의 사이에

이루어 낼 수 있는 슬픔은 너무 커

호수 속 나뭇가지

제 분노에 젖어 떠다니는 것만큼 그렇게

코멘트 1

(산타 테레사[1])

지평선 위에 드러누운
새처럼 떠나 버린 고운 내 사랑
우리 모두에게 전부를 줘도 되는 걸까/ 아무데도
속하지 않고/ 널 데려가는

날개에 조차도?/ 형제자매들은
멀리 돌아 닿을 수 있다고 생각하는 건가/ 아니면
떠나면서 또 머물러
하늘의 성찬盛饌처럼 찾아 헤매던 합일에 도달한다고?

그러니까/ 삶이 혹은
빛처럼 너를 찾아내기 위해 파낸 이 구원이 잔혹해!
아니면 말 한마디/ 내 가슴 위에 얹은 네 손처럼
네가 자리 잡은 그 나뭇가지

---

1 _ 산타 테레사 데 헤수스(Santa Teresa de Jesús, 1515-1582), '맨발의 카
르멜회' 창시자. 가르멜 강생수녀원에 입회해 기도하던 중 초자연적인 신

비를 체험하면서 이를 문학적으로 승화시켜 신비주의 영성 작가로도 이름을 떨쳤다. 특히 《영혼의 성(城)》은 에스파냐의 대표적인 신비문학으로 꼽힌다.

코멘트 11

너와 함께하는 고독에의 이 소망/ 영혼을
가두는 사랑/ 영혼을
먹이고 삼키고 넓히는 사랑/ 내게 너의
날개는/ 너를 내게서

멀리로 데려가는 이/ 네 아픔을 주며
오고 가는 사랑/ 너의 괴로움/ 너의 행복에
더해진/ 내 조각들을 적시는 감미로움/ 거기서 떠돌아다니는

너를 본 듯 그렇게 노래한다/ 나라 혹은 열기/ 슬픔과 기쁨을
뒤섞는 막대/ 용기에 휩쓸려
두 눈을 감은 소년 같은

사랑/ 아니면
너의 감옥에서 자유롭게/ 사랑이 사랑으로
사랑을 알게 하려고 제 사랑을 주는
고운 사랑

XVI

사람을 제 땅 제 나라에서 떼어 놓지는 말아야지, 강제로는 절대. 사람도 아파하고 땅도 아파해.

우리가 태어나면 탯줄을 자르지. 우리를 추방 보내고는 아무도 우리의 기억을, 말을, 온기를 잘라 주지 않아. 공중에, 그래 바로 공중에 매달린 카네이션처럼 사는 법을 배워야 하지.

난 괴이한 풀. 뿌리는 내게서 수천 킬로 떨어졌고, 우리를 잇는 것은 줄기가 아니야, 두 바다와 대양이 우리를 갈라놓았지. 그 뿌리가 숨 쉬는 밤이면, 햇살 아래서 밤을 괴로워할 때면, 태양이 나를 바라본다네.

1980년 5월 14일 로마에서

노트 1

몇 번이고 몇 번이고 네 이름을 부르리라.
밤낮으로 너와 같이 자리에 누우리라.
밤이고 낮이고 너와 함께.
네 그림자와 함께 머물며 내 몸을 더럽히리라.
내 성난 마음을 네게 보여 주리라.
미칠 것 같은 분노로 너를 짓밟으리라.
산산조각 내 너를 죽이리라.
너 하나 파코[1]의 이름으로 죽이리라.
너 또 하나 로돌포[2]의 이름으로 죽이리라.
헤롤드[3]로 너를 한 조각 더 죽이고
내 아들을 손에 쥐고 너를 죽이리라.
디아나[4]와 함께 와서 너를 죽이리라.
호테[5]와 함께 와서 너를 죽이리라.
너를 죽이리라, 패배여.
살았든 죽었든/ 내 사랑하는 이의 얼굴.
그 얼굴이 더 없어
너를 다시 죽이지 못하는 일은 결코 없으리라.
지금처럼 고통스럽게
네가 죽을 때까지

널 죽이리라/ 나는 이미 알고 있어.

널 죽이리라/ 내가

널 죽이리라.

1-5 _ 군부독재정권에 의해 납치되거나 살해된 후안 헬만의 동료들. 이들의
이름을 소문자로 처리함으로써 독재의 무자비한 손에 스러져 간 아르헨티
나 일반 국민들을 광범위하게 지칭한다.

노트 2

내일 죽었으니
그저께 밤 난 죽을 거야/
날카로운 작은 칼로
76[1]을 파내서
찢긴 나귀처럼 바닥에 박혀 있는
파코 뿌리도 닦아 주고
이파리도 닦아 줘야지/

나를 도와주고 싶어 하던 사람들은
그 후 또 77[2]을 건드려
거기 어디 씨를 뿌린
지상의 하늘처럼
차갑고 차갑고 차가운
로돌포의 눈과 마주치지/
이제 텅 비어 버린 눈길

일을 해야 할 거야
유골을 닦고/ 마음의 유골들
위에 뿌린 흙에

몸을 맡겨 사라져 버리는
그림자와 거래는
하지 않기를/
동지들 내게 용기를 주게

내 방 안 물건이라도 되는 듯
어둠이 내 주변을 날아도/
멈춰 세울 방도도 없고/
마음도, 아무것도/
말 한마디도, 아무것도/
말 한마디도 마음도 없고/
동무들/ 내 동지들

1 _ 호르헤 비델라가 군사 쿠데타로 아르헨티나 정권을 장악한 해를 일컬음.
2 _ 1976년 집권한 호르헤 비델라가 일명 '더러운 전쟁'을 시작한 해. 좌익 게
    릴라 척결을 명분으로 반대 세력에 무자비한 탄압을 가한 이 전쟁에서 1
    만 명 가량이 희생되었다.

노트 5

타오르는 슬픔에 당신을 내던지지 말아요/
여기 내 옆에 앉으세요/ 어머니/
당신은 절대 날 버리지 않으실 겁니다/
내가 당신을 잊었다면 용서하세요

내가 분노에 몸서리치며
한 죽은 자에게서 나와 다른 죽은 자에게로
다른 세상, 망가진 세상으로 돌아다녔다면/
그렇게 요 몇 년 세월을 내내 떠돌아다녔다면/

이리 가까이 오세요/ 슬픔이/
날 너무 화나게 하고
항구는 그렇게 죽어 가
날 떠돌게 합니다/ 떠돌아요

노트 9

그렇게 피가 비로 내렸다

망나니가 끊어 버린 혈관에서/

그 혈관을 기억하는 심장에서/

내 온 나라에 피가 비처럼 쏟아졌다

매일 매일 매일

형제들이 피를 떠다니는데/

이 항해에서 우리가 가 닿을 곳은

천국도 지옥도 아니야/

천국으로 가지 않아/

지옥으로 가지 않아/

어디로 가는 거지/ 이 밤에

내 사랑 당신이 노래하는/ 그 피는?

혹 새처럼 피에서 피로

날아다니다/ 기억을 더듬으며/

아니면 한 방울도 마르지 않는/ 망각에

저항하는 참새

눈먼 채로/ 그렇게 우리는 항해한다/

누구도 마르지 말라고/

아니면 피에서 피로 날아

노래할 수 있게/ 노래하라고

노트 12

－마누엘 스코르사[1]에게

현실 때문에 부서진 꿈들

현실 때문에 부서진 동료들/

부서진 동료들의 꿈

정말로 부서졌을까/ 길 잃고/ 땅 밑에서

전혀 썩지 않을까?/ 땅 밑에

조각조각 심어진 그 부서진 빛은?/ 언제라도

그 조각들이 맞춰질까?

한데 모인 조각들의 잔치가 열릴까?

또 동료들의 조각도/ 언젠가 맞춰질까?

마누엘 말대로 언젠가 맞춰지려고 땅 밑을 걸어 다닐까?/ 언젠

가

한데 모일까?

그 사랑하는 조각들에서 우리의 진한 고독이 만들어졌어/

우리는 파코의 온화함을 잃어/ 버렸고/

헤롤드의 슬픔/ 로돌포의/ 광채를/ 그 많은 이들의 용기가

이제는 온 나라 땅 밑에 흩어진 조각들/

열기 속에서 떨어진 이파리들/ 희망/ 믿음/

기쁨/ 전투/ 신의였던 조각들

그리고 꿈속의 깨졌던 조각들이야/ 언젠가 맞춰질까?

언젠가 맞춰질까? 조각들이?

그 조각들을 모두의 꿈의 그물에 걸어 두자는 것인가?

더 나은 꿈을 꾸자고 말하고 있는 것인가?

1 _ Manuel Scorza(1928-1983). 페루의 시인, 소설가, 정치운동가. 원주민 권
익 활동에 일생을 바친 활동가이다.

진정한 지옥

매일/ 5시에서 7시 사이/
넌 동료 하나가 쓰러지는 걸 본다/ 이미
일어난 일은 바꿀 수가 없지/ 동료가
쓰러져도 고통의 찡그림도

불길을 꺼뜨릴 수는 없어/ 이름으로 혹은 얼굴로
혹은 꿈으로
내 동료는 슬픔을 잘라 냈었지
황금 가위를 가지고/ 한 남자

혹은 한 여자의 가장자리에 멈춰 섰어/
나무 아래
그의 가슴속에 앉혀 두려고
아픔을 전부 한데 모았었지/

세상은 먹을 걸 달라며 울고/
입이 너무 아파/
미래가 필요로 하는 건 아픔이야/
동료는 세상을 바꿨었고 그 세상에 지평선의 기저귀를 채웠었지/

이제 매일/ 그가 죽는 걸 본다/

그렇게 사는 거라고

넌 생각하지/ 여명의

그림자와 함께/ 하늘

조각 하나 질질 끌고 다니는 거라고/ 거기

매일/ 5시에서 7시 사이/

영원에 뒤덮여/

동료가 다시 쓰러진다.

지금

지금 천사 미카엘이 이 나라의 밤을 가로지른다/
불의 말[1]을 타고 간다/
남쪽처럼 떨리는 말語들이 그에게서 떨어져 내린다/
희망의 탄환을 쏜다/

군사정권 고문이 너를 조각내 버렸다는 게 사실이야?/
네가 산산조각 나 버렸어?/ 그래서/
네 조각조각에서 뭐가 자라났지?/ 혹시 또 다른 천사?/ 미카엘?/
또 다른 천사들?/ 방랑자?/ 슬픔에 젖은 이?/

영영 죽지 않을 그 오래된 감정?/ 산타 테레사/
매번 살려고 불의 말에 올라타는?/
네 영혼의 냄새 같은?/
사랑하는 그 여자 조각들이 시간의 손톱 사이를 빠져나갔어/

이런 걸 묻는 건 내가 어떤지 알기 위해서지/
넌 화약과 공포에 휩싸여 있고/
네 시詩가 이 나라의 밤을 가로지른다/

너의 순수는 성실히/ 다정히/ 일하고/

넌 광장으로 또 거리로 손에 추억을 들고 떠돈다/
동틀 녘 빛이 우둔하게 와 닿고/
여긴 아무도 용서하지 않는다/
넌 녹아 버려/ 미카엘/ 하늘과 하나가 되지/

하지만 네가 돌아올 때를 기억해/
바윗돌처럼 네 운명에 충실하게/
매일 밤 죽음을 닦으면서/
불의 말에 올라탄 채로/

1_ 불의 말에 대한 성서적 상징. 종교재판에 대항한 싸움의 상징.

경제는 과학이다

위기에 이은 십 년간/

조사 대상 국가 모두/ 그러니까/

당신네 나라/ 우리나라에서/ 순수함 지수 하락이 눈에 띄었습니다/

당신 영혼과 내 영혼 사이에서 성장하던 국가들이/

갑자기 일순간만 지속되다가 가 버리기 전에/ 혹은 사라지기 전에

자고새처럼 주변을 날아올랐던

우리의 섹스 가득 담은 홑이불을 떨어뜨리곤 했습니다/

그러니까 우리가 사랑을 나눌 때마다 우리의 섹스를 그곳에 버려두었단 말씀입니까?/

그 섹스가 여전히 살아남아 부드러운 자고새처럼 꼬리 치고 있단 말씀입니까?/

정말 이상하군요/ 지난밤의 정수精髓가 과거를 개업하지 못하게/

또 어떤 과거도 우리들 사이에 사무실을 열어 오늘의 우리를 정돈하지 못하도록/

우리가 순종과 용기로 홑이불을 다 빨았다고요/

사랑스런 영혼은 흐트러져 완벽하고/
아주 청결하고 아름다우니까요/
그 영혼을 가둬 두려면 하느님밖에 없거든요/
그렇게 죽음의 차가운 강을 건널 수 있었던/ 돈 프란시스코의
경우처럼 말입니다/

날아가 버린 우리들의 섹스는 정말 이상하군요/
하지만 이제야 기억나는 건 내가 당신의 섹스로 들어가
당신의 순수한 거품이 조급하게 또 감미롭고 용감하게 나를
적실 때마다/
난 당신의 숲 속에서 새 지저귐 소리를 듣는 것 같았어요/

사랑이 다른 사랑에 불 지르는 것처럼 말이에요/ 아니 그보다/
매번 우리 섹스가 되살아나고
불빛에 현혹된 나비들처럼 빙빙 돌기 시작하면서/
끝없이 자유를 찾으며
다시 죽고 싶어 했고/

또, 모두가 위로이고 아름다움인 삶과 죽음 사이 나라 하나 있는 게 분명해요/

우리 마음을 우리가 갖지 못했었고/

우리 섹스가 한밤의 영혼처럼 길을 잃었죠/

총투자지수/ 이차투자생산성지수/

사랑생산성장지수/

또 다른 여기서 말하기 지루한 지수들을 공부해도/

난 뭐가 뭔지 모르겠어요/ 경제는 진짜 신기합니다/

영혼의 소액저축자들은 월스트리트에 속고/

순수함의 급료는 낮아요/

전 세계 사랑 시장에는 불의가 존속하고/

견습생은 코끼리처럼 생긴 구름에 휩싸여 있죠/

그건 그에게 행운도 불운도 아닌/

이성의 중간/ 함락/ 부활이죠/

당신의 향기를 느끼려고 영혼을 코앞까지 가져갑니다/

당신의 섹스에서 나왔던/ 그러니까/ 당신의 섹스 그 너머에서/
빛나건/ 그대로이건/ 당신이 가진 모든 좋은 것에서 나온/
그리고 당신이 밤의 정수처럼 내게 준 그 새들이/
날아오르는 걸 보고 있습니다/

문

문을 열었다/ 내 사랑
일어나라/ 문을 열었다/
내 영혼은 입천장에 달라붙어
두려움에 떨고 있다/

산 멧돼지가 날 짓밟고/
야생 나귀가 날 뒤쫓았다/
이 한밤중 망명지에서
내가 바로 한 마리 짐승이다/

비

오늘 비가 많이, 많이 내려,
꼭 세상을 씻어 내리는 것 같군.
옆의 내 이웃은 비를 바라보다가
사랑의 편지 쓸 생각을 한다/
그와 함께 살고
밥해 주고 빨래해 주고 사랑을 나눠 주고
그래서 자기 그림자를 닮은 여자에게 편지 한 장/
내 이웃은 여자에게 사랑의 말 한 번 한 적 없다/
창문으로 집에 들어가고 문으로 들어가지 않는다/
보통들 많은 곳에 문으로 들어가지/
일터에, 사령부에, 감옥에,
세상 모든 건물에/
하지만 세상으로도/
여자에게도/ 영혼에게도 그러질 않아/
그러니까/ 그 관槃에도 혹은 배에도 혹은 우리가 그렇게 부르
는 빗줄기 속으로도 말이야/
오늘처럼/ 비가 많이 오면/
사랑이라는 말을 쓰기가 힘들어/
왜냐하면 사랑과 사랑이라는 말은 별개의 것이고/

이 둘이 어디에서/

언제/ 어떻게 만나는지는/

오로지 영혼만이 알고 있거든/

하지만 그 영혼이 뭘 설명할 수 있겠어/

그래서 내 이웃 입속에는 태풍이 불고 있지/

난파당한 말語들/

사랑을 나눈 그 하룻밤에 나고 죽어 해 드는 날을 모르는 말
들/

그래서 내 이웃은 절대 쓰지 않을/

편지를 생각 속에만 남기는 말들을 가지고 있으니까/

두 송이 장미 사이의 침묵처럼/

비를 바라보는 내 이웃에게로/

비에게로/

떠도는 내 마음에게로 돌아가려고 이 말을 쓰는 나처럼/

네 두 눈은 얼마나 아름다운지…

네 두 눈은 얼마나 아름다운지/
네 눈빛은 더 아름다워/
먼 곳을 바라볼 때 네 눈자위는 더욱 더/
허공에서 나는 찾고 있었다:

네 피의 등불/
네 그림자의 피/
내 마음 위
네 그림자를/

널 사랑하는 건 이런 것…

널 사랑하는 건 이런 것
아직 못한 말 한마디
그늘을 드리운
이파리 하나 없는 작은 나무/

넌 나무들과 애길 나눈다…

넌 나무들과 애길 나눈다/
노래하는 이파리들
해를 모으는 새들이 있는 나무

너의 침묵은
세상의
외침을
깨운다/

새 한 마리 날다가 그만둔다…

새 한 마리 날다가
그만둔다/ 날개를 잊고 싶어/
무에서 허공으로 솟아올라 물질이 되고

태양 속 빛처럼 잠이 든다/ 아직 되지 못한 것이
된다/ 들어가 나가지 않는
꿈과 똑같이/ 죽음으로 사랑의 곡선을
긋는다/ 우연에서

세상으로 간다/ 제 차례를 맞은 일에
얽혀 들어/ 고통에서 고통을
거둬들인다/ 두 눈을 뜨고

명료한 환각을
그린다/ 미완성의
노래를 부른다

현실은 죽음에 입 맞추는…

현실은 죽음에 입 맞추는
입술을 가지고 있어/ 모두의
운명이지/ 어떤 조화가
저만의 지옥이 되어 버렸나?/ 너무도 이상한

추위가 서로 주먹질하며 싸우고
혼자만의 피아노가 울리는
거리 혹은 그 많은 방의
비현실성을 흩뜨리는 건 아무 소용없어/

이미 우리는 적절한 죽음을 갖고 있지 않나?
다가오는 밤의 한 꺼풀 아래
이미 사라진 존재가 느꼈던 것을 간수해 둔다/

거기 태양 아래 홀로 누운
아픈 양심이 간다

에두아르도 밀란[1]에게

당신의 쾌활함에는 죽음을…

당신의 쾌활함에는 죽음을
궁지로 몰아넣는 우아함이 있다/ 이제 지나 버린
그래서 어두운 권능을 되돌려 주는

날들과 더불어 고통을 잠재우는
거울을 등지고 앉는다/ 거리를
떠도는 추방당한 어둠이
가면을 쓴 채 지나고/

상념이 잎을 떨구는 사이
공포는 태양을
즐긴다/ 이미 허공에선

실을 풀고/ 이루지 못한
열정이 가혹하다/ 그리고 결코 만들어지지
않은 얼굴은 전복된 영혼

말하는 걸 침묵시키는 말은…

말하는 걸 침묵시키는 말은
삶의 발끝에서
동요하는 불꽃/ 빛의 뒤안길에서
혹은 불가능의 황량함을 향해

닫힌 선에 상처 받는/ 열린
평원을 노래한다/ 날 주는 건
아픈 일이야/ 제 열정이
단념해 버린 것에

순정을 다하는 마음은 더 아프지/
밤낮으로 타오르는 몸의
고집스런 환각이/ 모두

가 버린 뒤
홀로 태어나는 피조물/

파고들어 가

온 구석구석에서, 더
숭고한 영혼에서, 그 자부심에서,
분노의 냄새를 풍기는 개들에게서,
피가 날뛴다.
사랑받을 때 굴욕은
경이로움이 되고 나는 여기
널 사랑한다 말하러 온다. 어릿광대의
일요일은 황량함을 맛본다.
벽과 마주 선 감동이
총살을 기다린다.
우리 몸은 그 벽을 알고 있다.
그건 파고 또 파고들어 가는
태양의 결박.

알다

시詩가 뱃속을 헤엄쳐 다니며 반짝거린다.
여기, 분명
짐승처럼 한데서 죽게 될 곳으로
끌고 오기까지는
누구인지 알 수 없어.
내 안의 짐승을 이해할 수 있도록
짐승들에 대해 알고 싶다. 현실은
동물처럼 헐떡이며 신음하지.
그 숨결 속에서 어떤 은혜를 입었나?
잃지 않은 것은 아무것도 없어
부드러움 아래 의심이 바스락거린다.
이 손 안에서.

귀환

네가 돌아왔다.
아무 일도 없었다는 듯이.
수용소도 뭣도 없었다는 듯이.
꼭 23년 전처럼
네 목소리 들을 수 없고 널 볼 수도 없는데.
녹색 곰, 너의 긴 외투와
그때의 아버지, 내가 돌아왔다.
절대 끝나지 않는 이 사슬 속에서
끝도 없이 다시 아들이 되어 주는 너에게로 우리가 돌아왔다.
저들은 절대 멈추지 않을까?
너는 절대 멈추기를 멈추지 않을 테지.
네가 돌아온다. 또 네가 돌아온다.
그리고 난 네가 이미 죽었다는 걸 네게 설명해야 한다.

카툴루스[1]

키스는 어떻게 된 거지, 어디에서
어디로 가는 건지, 원근법은
종말의 시작을
덮어 버린다. 그러는 사이
슬픔이 있다, 그래, 아니면
벌벌 떨다가
꺾인 장미 한 송이
손에 들고
볕에 앉은,
서로 싸우다, 마치 그게
사랑의 시작이라도
되는 양 추억을 발가벗기는,
피와 제 핏빛 사이에서
말 더듬는
여행자 가슴속 가시나무가
불타오른다. 아침의 서랍에
쪽지들을 모으고
담벼락을 기어오르는 목소리를 닫는다. 사랑하고 미워한다.
그래도 어떻게 사랑하느냐고 또 어떻게 미워하느냐고

혼자 묻는다.

항상 똑같은 시를 쓰고 제집

문턱을 비추는 우주를 바라본다.

바퀴들

바닥에 앉은 계집아이
제 눈 위에 손 하나 올려놓고 운다.
보고 있던 것을 보려고
눈을 감는다. 정원을
보고 있는 게 아니었나? 제 말 주변에서 시간과
불행과 두려움을 움직이던
것이 새로운 입을 가진
새가 아니었나?
제 소망과는
반대로, 어두운 명령의
찌꺼기들에 맞춰 목구멍에서
도는 바퀴 하나 가지고 운다.
이제 네가 그 빛이 되어
너를 감싸야만 해.
그 빛은 누구도 보지 못하는 지평선을 가지고 있어,
여행의 우연한 가장자리 광채처럼.

바퀴

서로 만지지 않을 때면
네 손에서 내 손으로 향하는
아치 혹은 다리가
그 사이에 꽃을 피운다.
지쳐 외로운
그 텅 빈 손이
뭘 만진 거야, 뭘 또 만진 거야, 뭘 바꾼 거야?
꽃 한 송이 태어난다, 그래,
말실수하는 것처럼 그렇게
5월에 여름을 탄다.
실수를 한다, 그래
이 두려움은 왜지?
바로 우리들 책갈피에
너의 몸이 글을 쓴다.

왜 후안 헬만인가

―나는 시를 쓰는 전사, 후안 헬만

성초림

투쟁의 시대는 갔다. 자기 미래를 걸고 모두의 미래를 찾으려 했던 이들이 이제 자기만의 미래를 찾아 모두를 걸고 있다. 그때의 고난이 훈장이 되고 그때의 슬픔이 안주거리가 되는 지금, 돌이켜 보면 신념을 향한 순정이 황금을 위해 남의 전쟁에서 싸우는 용병의 혈기와 다를 바 없었다는 자괴감이 고스란히 우리 스스로에 대한 자책으로 남아 있다. 그런 시절이 있었다. 세상을 바꿀 수 있을 것 같고, 세상이 바뀔 것 같고, 바꾼 세상이 마치 갓 태어난 아기인 양 "그 세상에 지평선의 기저귀를 채"[1]울 수 있을 거라 믿었던 시절. 이제는 망각의 뒷길로 사라져 버린 그때.

인간의 역사는 참, 가는 곳마다 이상하리만큼 닮았다. 저항과 투쟁의 역사도, 그 상처도 결코 우리만의 것이라고 할 수 없다. 우리만의 아픔일 거라고 가슴에 싸매어 두었던 시절, "날 주는 건 아픈 일"인 것을 알면서도 불나비처럼 동지를 향해, 민주화를 향해 싸웠던 우리가 "제 열정이 단념해 버린 것에 순정을 다하는 마음은 더 아프"²다는 것을 알고, 더 슬퍼 울었던 일을 마음에 감춘 채 아무렇지 않은 듯 이렇게 또다시 일상을 사는 것이 단지 우리만의 이야기는 아니다.

투쟁도 가고 동지도 가고 그래도 우리는 여기에 남아 지구 대척점에 있는 나라 한 시인의 이야기를 듣는다. 우리와 닮은 이야기. 피가 흐르고 죽음이 난무하고 그래도 사랑을 버리지 못하는 우리 이야기를. 바로 아르헨티나 저항 시인 후안 헬만의 이야기다.

1950년대 네루다 풍의 감미로운 전통 서정시가 남미대륙을 평정하던 시절, 일상의 언어로 저항을 말하는 후안 헬만의 소위 비판적 사실주의는 중남미 시에 새로운 물결을 가져온다. 물론 저항 시인, 사회참여 시인인 점을 감안하면 다분히 공격적인 그의 시가 어색할 것도 없지만 그는 저항의 시대가 아닌 평화의 시대에도 당시의 서정시와는 확연히 다른 모습을 보였다. 첫 시집《바이올린과 다른 문제들》에서 이미 시인은 "아름답고 교양 있는 시를 추종"하는 것에 냉소적이다. 아르헨티나 노동자들이 노동운동을 시작할 때 타일에 새겨 동지들에게 나눠 준다는 후안 헬만의 시답게 말하고자 하는 바를 명확하게, 있는 그대로 풀어내는 그의 시는 충격 그 이상이다.

> 하늘 높은 곳에서 내려와 보시오, 하느님이 있다면, 그렇다면
> 내려와 보시오,

2_ 〈말하는 걸 침묵시키는 말은…〉

난 이 모퉁이에서 굶어 죽을 지경이오,

뭣 땜에 태어났는지 도통 모르겠소,

거절당한 손을 바라보고 있소,

일이 없어요, 일이,

　　　좀 내려오시오, 와 보시오,

내 꼴을, 이 찢어진 신발을,

이 고뇌, 이 텅 빈 창자,

내 한 입 채울 빵 한 쪽 없는 이 도시, 온몸을

파고드는 신열,

　　　이렇게 비를 맞으며

잠들어, 추위에 떨고 쫓기니

정말 알 수가 없소, 아버지, 내려와 보시오,

－〈어느 실직자의 기도〉 부분

이 시에서 시적 자아는 하느님에게 땅으로 내려와 의지할 곳 없
는 인간의 자포자기 상황을 돌봐 달라고 애걸한다. 그의 기도는
기도라기보다는 차라리 분노에 가깝다. 시인의 이 첫 시집에서 두
드러지게 나타나는 특징은 1960년대 남미에서 출현하게 되는 구
어체 시 혹은 대화체 시를 처음 제안하고 있다는 점이다. 쉬운 단
어의 반복이나 현실을 매개체로 이해되는 일상성의 반영이 참여
시의 성격을 두드러지게 한다. 하지만 한편으로 헬만의 시는 엄격
한 의미에서 대화시라기보다는 일상의 평범한 언어가 어떻게 시
적 떨림을 만들어 낼 수 있는가를 보여 주는 표본이라고 할 수 있

다. 참여시가 갖는 언어적 한계를 인정하면서도 외부 환경과 내적 고뇌를 어느 지점에서 만나게 할 것인가에 대한 고뇌가 드러나 보인다.

항구도시 부에노스아이레스의 대중적 우수와 리듬, 그들만의 서사를 담고 있는 탱고에서 제목을 따온 1963년의 《고탱》은 바로 이러한 일상성과 문학을 조화시킨 수작이다. 대중에게 후안 헬만의 이름을 각인시키는 계기가 된 이 시집은 '탱고'를 거꾸로 읽어 《고탱》이라는 표제를 달고 있다. 감상적이고 선정적이면서도 대중의 일상에 녹아 있는 우수와 고뇌가 드러나는 이 시집에는 격정적인 사랑("여자가 가 버렸을 때 난 사형수처럼 벌벌 떨었어,/ 거친 칼로 내 목숨을 끊었지,/ 여자의 이름을 품고 누워 죽음을 다 지나쳐 버릴 테야,/ 그 이름으로 마지막 한 번 내 입을 움직일 거야."[3]), 3월 31일의 정치혁명("한 남자가 열렬히 혁명을 원했고/ 헌병대의 의견에 맞서/ 거기 있어야 했던 메마른 담벼락을 기어올랐다./ …세상의 천장을 미친 듯이 날았고/ 그리고 민중은 깃발을, 태웠다."[4]), 또 엔리케 카디카모가 노래한 유명한 탱고 음악과 제목이 동일한 "파리에 닻을 내리다" 등 여러 가지 주제들이 다양하게 등장한다.

저항 정신은 한층 더 목소리를 높인다. 거리의 구호처럼 직설적이고 분명한 그의 어조는 아름다운 탱고 리듬에 맞춰 노랫가락의 부드러움을 더하고, 큰소리의 외침보다 더 가슴을 파고든다.

---

3 _ 〈고탱〉
4 _ 〈의견들〉

......

저항하는 것을 배워야 한다.

가 버리는 것도 말고, 머무는 것도 말고,

저항하는 것을 배워야 한다,

분명 더 많은

아픔과 잊혀짐이 있을지라도.

　　　―〈내 사랑 부에노스아이레스〉 부분

이러한 투쟁과 저항의 이면에 나타나는 탱고 리듬만의 선정적인 사랑의 테마도 돋보인다.

서로의 입술로 묶인 한 여자 한 남자가

천천히 기억으로 밤을 채운다,

타인 속에서 더 아름다운 한 여자 한 남자가

지상에 제자리를 차지한다.

　　　―〈삶에 이끌린 한 여자 한 남자…〉 부분

1965년에는 《거세된 소의 분노》가 아바나에서 발표된다. 이후 1971년 부에노스아이레스 '철갑장미' 출판사에서 증보, 개정을 거쳐 완결판으로 출판되는 이 시집은 1962년에서 1968년에 이르는 긴 시간 동안 시인의 작품을 모은 것으로 언어와 시 형식에서 실험적인 면이 두드러진다. 이미 《고탱》에서 일부 나타나기 시작한 이러한 실험적 요소는 특히 구두점의 생략, 임의로 단어의 철자를 바꾸거나 신조어를 만들어 내는 것에서부터 말의 문법적 어순을 바꾸어 언어 자체가 거칠게 느껴지게 하는 효과를 노리고 있다. 주제 면에서는 후안 헬만의 그간의 시 세계를 관통해 온 사랑과 사회참여, 메타시학적인 성찰이 주를 이룬다. 문장의 시작과 끝이 한 행에 구별 없이 배열되는 자유로운 문법 파괴 양식은 다음에 인용한 시 〈세 피니〉에도 나타난다.

오늘 밤은 이제 그만 난 문을
닫는다 재킷을
입고 쪽지들을
간수한다
네 얘기밖에 하지 않은
네 행방에 대해 거짓말만 늘어놓은 쪽지들
나를 떨게 하는 네 몸
—〈세 피니〉 전문

전 세계적으로 1960년대가 정치활동이 활발했던 시기였음을 생각해 볼 때 시에서도 혁명을 추구하려는 유토피아적인 의지가 혁명적인 언어 표현으로 나타나고 있다고 볼 수 있을 것이다. 초기 시집들에서 보이던 사회적 주제들, 더 나아가 엄격한 의미에서 정치적이던 테마가 이제 다양한 시적 주제들 앞에서 좀 더 개방적인 모습을 보이게 된다. 따라서 때로 아주 긴 시가 내레이션 형태로 나오는가 하면 《저널리즘》 자신의 시학을 담은 시도 등장한다(《모든 시는 자본주의에 적대적이다〉).

1973년 민주주의가 회복되고 좌익 페론주의자인 엑토르 캄포라 대통령이 취임한 뒤 시인의 여덟 번째 시집 《관계들》이 발표된다. 이 시집에서부터 헬만은 좀 더 공격적인 성찰을 이끌어 내고자 질문을 던지는 방식을 채택한다. 문장은 더욱 분절화되고 머뭇거리는 단어들의 조합을 이룬다. 또한 이 시집에서부터 리듬과 의미 구분을 위한 슬래시부호(/)를 사용하게 되는데 이러한 현상은 《불완전하게(1997)》까지 지속된다.

1976년 쿠데타로 집권한 호르헤 비델라 장군의 군사독재로 나라는 3년간 "더러운 전쟁"을 겪으며 영원히 끝날 것 같지 않은 악몽에 빠져든다. 좌익 게릴라를 척결한다는 명분하에 이루어진 반대파 색출 작업에서 무수하게 많은 무고한 시민이 연행, 투옥, 고문을 당하고 처형당하기까지 했다. 어린 시절 함께 청년공산당에 입당했던 동료들에 이어 아들까지 납치 실종되는 와중에 시인은 망명길에 오른다. 쿠데타를 전후한 이 시기에(1973-1980) 시인은 아무런 작품도 발표하지 않는다. 그러다가 1980년 《관계들》에 이어 1982년 발표한 《인용과 코멘트》에서는 16세기 스페인 황금세기의 시인들, 특히 산타 테레사나 산 후안 데 라 크루스 등의 신비주의 시인들에 대한 언급이 빈번하다(〈코멘트 1〉).

1988년 초 마침내 시인에게 내려졌던 체포 영장이 철회되고 후안

은 고국으로 돌아간다. 이 시기에 지난 망명 시절의 작품, 《공지》 (1988), 《단절 I》(1986), 《단절 II》(1988), 《내 어머니에게 보내는 편지》(1989)를 발표한다. 이 가운데 특히 《단절 I》과 《단절 II》에는 1980년대 그가 거쳐 온 투쟁에 대한 비감 어린 회한이 배어 있다.

매일/ 5시에서 7시 사이/
넌 동료 하나가 쓰러지는 걸 본다/ 이미
일어난 일은 바꿀 수가 없지/ 동료가
쓰러져도 고통의 찡그림도

불길을 꺼뜨릴 수는 없어/ ……
  －〈진정한 지옥〉 부분

때로 타오르는 분노의 불길을 주체할 수 없는 시인의 심정이 고스란히 드러나 있는 아래의 시 〈노트 1〉은 동료도 자식도 다 잃어버린 늙은 전사의 비통하고도 처절한 노래이다.

……
미칠 것 같은 분노로 너를 짓밟으리라.
산산조각 내 너를 죽이리라.
너 하나 파코의 이름으로 죽이리라.
너 또 하나 로돌포의 이름으로 죽이리라.
헤롤드로 너를 한 조각 더 죽이고

내 아들을 손에 쥐고 너를 죽이리라.

디아나와 함께 와서 너를 죽이리라.

호테와 함께 와서 너를 죽이리라.

너를 죽이리라, 패배여.

살았든 죽었든/ 내 사랑하는 이의 얼굴.

그 얼굴이 더 없어

너를 다시 죽이지 못하는 일은 결코 없으리라.

　　　　－〈노트 1〉 부분

이 시에 등장하는 파코와 로돌포, 헤롤드는 독재의 탄압에 죽어
간 헬만의 동료 혹은 친구들이다. 하지만 시인은 이들의 이름을
소문자로 처리함으로써 아르헨티나 일반 민중 모두를 일컬었다.

1990년대에 헬만은 《불경한 자의 급료》(1993), 《디바우》(1994),
《불완전하게》(1997) 등 세 권의 시집을 새로이 발표한다. 늘 있었
던 독창적이고 자유로운 표현 양식에 더하여 1990년대에는 산문
이 분쇄되는 과정을 보여 준다. 특히 소네트 형식을 주로 차용한
《불완전하게》의 경우 완성될 수 없는 언어를 개발해 내는 느낌을
주면서 불완전성의 시학을 이루어 낸다. 사랑의 언어가 충만한
《디바우》에서는 시인의 시 세계에서 투쟁과 저항 그 반대편 축을
이루어 왔던 또 다른 주제 '사랑'이 넘쳐흐른다.

　　널 사랑하는 건 이런 것

아직 못한 말 한마디
그늘을 드리운
이파리 하나 없는 작은 나무/
   -〈널 사랑하는 건 이런 것…〉 전문

21세기에 들어서면서 칠순을 맞이한 시인이 발표한 《해 볼 만해
지기》(2001)는 주로 실종된 며느리가 수용소에서 낳았던 손녀를
찾아 처음 만나던 시기에 지어진 것들이다. 헬만은 1977년 군사
독재에 체포되어 동료들의 이름을 고발할 것이 두려워 극약을 먹
고 자살한 몬토네로스 운동 동료이자 친구인 파코 우론도가 쓴
시 〈매일매일 지나면〉의 한 구절인 "세상사 해 볼 만해지도록 내
게 그 미소를 돌려다오."에서 이 시집의 제목을 따왔다. 이 시집에
서 헬만은 꺾여 버린 아들의 미래와, 실종자의 딸로 태어난 손녀
의 미래를 연결하는 길을 발견하기 시작하는 것처럼 보인다. 이
시집의 정점이 되는 것은 〈귀환〉이다.

네가 돌아왔다.
아무 일도 없었다는 듯이.
수용소도 뭣도 없었다는 듯이.
꼭 23년 전처럼
네 목소리 들을 수 없고 널 볼 수도 없는데.
녹색 곰, 너의 긴 외투와
그때의 아버지, 내가 돌아왔다.

절대 끝나지 않는 이 사슬 속에서

끝도 없이 다시 아들이 되어 주는 너에게로 우리가 돌아왔다.

저들은 절대 멈추지 않을까?

너는 절대 멈추기를 멈추지 않을 테지.

네가 돌아온다. 또 네가 돌아온다.

그리고 난 네가 이미 죽었다는 걸 네게 설명해야 한다.

−〈귀환〉 전문

이제 아들의 죽음을 받아들인다. 실종된 자신들의 아이들을 "사망자"로 처리하지 말고 "실종자"로 처리해 달라고, 아직 그들의 죽음을 받아들일 수 없으니 영원히 살아 있는 전사로 남도록 시신도 발굴하지 말고, 어떠한 기념비도 세우지 말라고 하던 〈오월광장 어머니회〉와는 달리 후안 헬만은 이제 아들이 죽었음을 인정한다. "그때의 아버지로" 돌아온 시인이 죽음 이후에도 "끝도 없이 다시 아들이 되어 주는" 너와 함께 돌아왔다. "저들은 절대 멈추지 않을까?"라는 물음 속에는 이제 가냘픈 희망이 있다.

이후 후안 헬만의 시가 또다시 명료하게, 그러나 이전과는 달리 화해와 사랑을 말하는 것은 아니다. 섣부른 이해와 용서가 이제막 아물려는 상처를 다시 헤집어 놓을 수 있다는 것을 알고 있기 때문일 것이다. 이제 시인은 세상을, 인생을 조용히 바라보는 관조의 시선을 보이기 시작한다(《세상하기》). 이제 그의 눈길이 다시어디를 향할지 지켜볼 때이다.

자네의 심장은 바이올린이라 했지

구광렬(시인)

2010년 노벨문학상 발표 예정 즈음에 한 일간지 문학 팀으로부터 한 통의 전화가 왔다. 아르헨티나 시인 후안 헬만이 유력한 노벨상 후보라는 것. 미리 대비해 글을 준비해 줬으면 하는, 원고 청탁이었다. 놀라웠다. 고은 시인과 시리아의 아도니스, 일본의 하루키 등이 유력 후보로 점쳐지는 상황에서 후안 헬만은 다소 예외였기에. 하지만 많은 부분 놀라움은 개인적인 것으로부터 왔다. 다름 아닌 그와의 친분 때문.

소위 비판적 사실주의 작가인 헬만의 시는 다분히 공격적이다. 그의 시가 많은 부분 저항을 다루고 있음을 생각하면 그리 이상할 것도 없다. 하지만 저항의 시대가 아닌 평화의 시대에도 그의 시는 당시 서정시와는 확연히 달랐다. 1956년 그의 첫 시집 《바이올린과 다른 문제들》은 당시 중남미의 네루다풍 서정시에 큰 변화를 가져온다. 그는 처음부터 네루다식 전통 서정시와는 거리를 두었다. 1963년, 탱고를 거꾸로 한 시집 《고탱》은 말로만 변화를 얘기해선 안 되고 실제로 변화가 이루어져야만 했던, 소위 신인간주의 문학 시대의 작품이다. 중남미에서 헬만의 민중 일상 서정시는 마치 맞춤복처럼 시대적 각광을 받기에 이른다. 파블로 네루다풍의 시들로는 그 혁명적·혁신적 변화를 감당할 수 없었기 때문이다. 헬만은 시집 《고탱》에서 일상적인 것과 문학적인 것의 조화와, 일명 탱고적 수사와 리듬이 자아내는 소위 헬만류 상호텍스트성을 선보인다. 감상感傷과 요염으로 풀이되는 대중적 철학의 우수가 깔린 탱고의 부드러움이, 딱딱한 현실적 소재와 주제를 보다 더 부드럽게 만들어, 독자의 읽는 부담을 줄여 주는 것이다. 네루다의 〈모든 이들을 위한 노래El Canto general〉에서 볼 수 있는 화려한 메타포나 리드미컬한 음악성은 보이지 않지만, 시집 《고탱》에는 독자들을 흥분시키기에 충분한 일상 회화체 문장이 갖는 현장감과 생동감, 풍자, 유머 등이 살아 있다.

한 남자가 죽었고 사람들이 찻숟가락으로 그의 피를 모으고
있다,
친애하는 후안, 넌 마침내 죽었다.
따스함에 적신 너의 조각들은
네겐 아무 소용이 없었다.

네가 작은 구멍으로 사라져 버리는데
어떻게 누구라도 손가락으로 구멍을 막아
널 여기 남아 있게
해 주지 않는 거지.

죽기 전에

세상 모든 분노를 다 먹어 버렸을 테고

그다음엔 유골에 기대

슬퍼하고 또 슬퍼했었지.

형제여, 너를 이미 땅 밑으로 내려놓았어,

땅이 너로 인해 떨고 있다.

불멸의 분노가 밀쳐 내는

그 손이 어디에서 싹트는지 잘 지켜보자고.

　　－〈최후〉 전문

　'후안'은 우리의 '철수'처럼 중남미의 평범한 남자 이름이다. 그리고 사실fact에 관한 한, 그냥 신문기사를 넘겨 보는 정도로만 묘사되어 있다. 독자는 피해자로서, 혹은 가해자 또는 공범으로서 좀더 정교하고 자상한 해석을 가하면서 생략된 사실 부분을 스스로 완성해 나가야만 한다. 즉 바르트가 말하듯, 독자 또한 단순한 수용자에서 벗어나, 작가의 기호와 자신의 독서 행위 간의 대화를 통해, 텍스트의 의미를 능동적으로 도출해 낼 수 있는 '텍스트의 즐거움'을 맛보는 상호텍스트성이 요구되는 부분이다.

첫 연의 첫 번째 행은 마치 아나운서가 뉴스를 진행하는 느낌이다. 그러나 시적 화자는 세 번째 행에선 살해된 남자를 2인칭으로 부르며 혼잣말을 하고 있다. 다시 3연에 와선 3인칭 단수가 피살자가 된다. 그리고 다시 피살자가 2인칭이 되는 마지막 연은 그에게 건네는 말이 아니라, 독자들을 향해 던지는 화두이다. '불멸의 분노가 밀쳐 내는/ 그 손이 어디에서 싹트는지 잘 지켜보자…….' 그의 손들, 그것은 살해된 이의 불멸성을 의미하며, 죽은 자를 따르는 모든 산 자들이 그러하리란 것을 의미한다. 그 화두는 두 말할 것 없는 '저항'이다. 다음에 소개할 시 〈내 사랑 부에노스아이레스〉에선 그 '저항'이 은유 없이, 여과 없이 직선적·평면적으로 노출된다. 장소적 배경은 물론 사랑하기도 쉬웠지만 고문당하기도 쉬웠던, 1960년대 중남미 대표 도시 부에노스아이레스. 헬만은 "밑 빠진 의자 모서리에 앉아,/ 울렁증에 병들어 다 죽어 가면서도,/ 내가 태어난 도시가 이미/ 흐느꼈던 시를" 옥중에서 썼다.

밑 빠진 의자 모서리에 앉아,
울렁증에 병들어 다 죽어 가면서도,
내가 태어난 도시가 이미
흐느꼈던 시를 쓴다.

그 시를 붙들어야 한다, 여기에서도
내 사랑스런 아이들
그 많은 형벌 가운데서도 널 아름답게 하는 아이들이 태어났
으니까.
저항하는 것을 배워야 한다.

가 버리는 것도 말고, 머무는 것도 말고,

저항하는 것을 배워야 한다,

분명 더 많은

아픔과 잊혀짐이 있을지라도.

   −〈내 사랑 부에노스아이레스〉 전문

1990년, 부에노스아이레스를 여행했을 때다. 시내 박물관 옆 조
그마한 아이스크림 가게에 들어선 난, 깜짝 놀랐다. 탁구 점수표
같은 가격표 때문. 시간별로 끝자리를 올려 아이스크림 가격을
수정하고 있었던 것이다. 옷을 사러 갔다가 흥정하는 사이 물건
값이 올라 구입하지 못했다는 말이 빈말이 아니었다. 연간 1,000
퍼센트 이상의 인플레이션, 10,000페소짜리 지폐를 찍어 내기 위
해 몇 배의 돈이 들어갔기에, 돌아오는 지폐에다 0을 덧붙여 다시
유통시키던 시대. '이빨을 위한 빵도 없는 그 도시' 부에노스아이
레스를 다음 시는 적나라하게 직설한다.

아버지,

      하늘 높은 곳에서 내려와 보시오, 할머니, 그 가엾은 이가
가르쳐 준 기도는 잊어버렸소, 그분은
이제 편히 쉬신다오,
빨래도 청소도 안 해도 되고, 종일
입을 거리 걱정도 안 해도 되고,
밤새워 애닯게 애닯게
기도할 일도, 아버지에게 애원하고, 슬며시 투덜거릴 일도 없소.

하늘 높은 곳에서 내려와 보시오, 하느님이 있다면, 그렇다면
내려와 보시오,
난 이 모퉁이에서 굶어 죽을 지경이오,
뭣 땜에 태어났는지 도통 모르겠소,
거절당한 손을 바라보고 있소,
일이 없어요, 일이,
                  좀 내려오시오, 와 보시오,
내 꼴을, 이 찢어진 신발을,
이 고뇌, 이 텅 빈 창자,
내 한 입 채울 빵 한 쪽 없는 이 도시, 온몸을
파고드는 신열,
                  이렇게 비를 맞으며
잠들어, 추위에 떨고 쫓기니
정말 알 수가 없소, 아버지, 내려와 보시오,
내 영혼을 어루만지고, 내 마음을
들여다봐 주시오,
난 도적질도, 살인도 하지 않았고, 그저 어린아이였을 뿐
그런데도 날 때리고 또 때리고
정말이지 알 수가 없소, 아버지, 정말 하느님이 있다면,
내려와 보시오, 내 안에서
체념을 찾지만 그런 건 없소, 이 분노를 움켜쥐고,
날을 세워 나도 때려 보렵니다.
목구멍에 피가 차오르도록 소리칠 테요,

더 이상은 못하겠으니까, 나도 창자가 있고

나도 사람이니까,

       내려와 보시오, 당신의 피조물을

어떻게들 만들어 버렸습니까, 아버지?

       거리에 돌멩이를 씹는

성난 짐승 아니오?

    −〈어느 실직자의 기도〉 전문

아르헨티나는 1976년 쿠데타로 집권한 호르헤 비델라(Jorge Rafael Videla, 1925-)의 공포정치로 그 후 약 3년간 일명 '더러운 전쟁Dirty War' 통에 빠진다. 의회를 해산하고 법관의 80퍼센트를 군인으로 교체한 군사평의회는 일부 중요한 헌법조항의 효력을 정지시키고는 무고한 시민들을 연행, 투옥, 고문, 사형시켰다. 명분은 좌익 게릴라 척결이었지만 실은 반대 세력을 무자비하게 탄압하기 위한 조치였던바, 그 희생자 수는 무려 3만여 명에 이른다.

리오 델라 플라타 강, 스페인어로 은銀의 강이란 뜻. 그 은빛 물결은 핏빛이 돼 버렸다. 마약을 먹인 뒤 발가벗겨 무자비하게 비행기에서 떨어뜨렸다. 카리브 해로 흘러들어 가는 이 강구에 수만 명이 수장되었던바, 은퇴한 한 해군 조종사의 1995년 《비행》이란 제목의 고백서에 따르면, 그가 복무하던 공군기지에 매주 수요일 수십 명의 희생자들이 실려 왔으며, 자신의 부대에서만 최소한 2,000여 명이 대서양 한가운데 던져졌다는 것이다. 임신부는 뱃속의 아기를 빼낸 뒤 던져졌으며, 아기는 강제 입양 당했다. 바로 후안 헬만의 며느리, 마리아 클라우디아가 그 희생자 중 하나이다. 뱃속의 아기는 우루과이에 입양되었으며, 그녀의 사체는 카리브 해 물고기의 밥이 되었다. 이 무렵부터 가뜩이나 공격적인 헬만의 시는 한층 더 공격적인 어조를 띠기 시작한다.

몇 번이고 몇 번이고 네 이름을 부르리라.
밤낮으로 너와 같이 자리에 누우리라.
밤이고 낮이고 너와 함께.
네 그림자와 함께 머물며 내 몸을 더럽히리라.
내 성난 마음을 네게 보여 주리라.
미칠 것 같은 분노로 너를 짓밟으리라.
산산조각 내 너를 죽이리라.
너 하나 파코의 이름으로 죽이리라.
너 또 하나 로돌포의 이름으로 죽이리라.
헤롤드로 너를 한 조각 더 죽이고
내 아들을 손에 쥐고 너를 죽이리라.
디아나와 함께 와서 너를 죽이리라.
호테와 함께 와서 너를 죽이리라.
너를 죽이리라, 패배여.
살았든 죽었든/ 내 사랑하는 이의 얼굴.
그 얼굴이 더 없어
너를 다시 죽이지 못하는 일은 결코 없으리라.
지금처럼 고통스럽게

네가 죽을 때까지
널 죽이리라/ 나는 이미 알고 있어.
널 죽이리라/ 내가
널 죽이리라.
─〈노트 1〉 전문

내일 죽었으니
그저께 밤 난 죽을 거야/
날카로운 작은 칼로
76을 파내서
찢긴 나귀처럼 바닥에 박혀 있는
파코 뿌리도 닦아 주고
이파리도 닦아 줘야지/

나를 도와주고 싶어 하던 사람들은
그 후 또 77을 건드려
거기 어디 씨를 뿌린
지상의 하늘처럼
차갑고 차갑고 차가운
로돌포의 눈과 마주치지/
이제 텅 비어 버린 눈길
일을 해야 할 거야
유골을 닦고/ 마음의 유골들

위에 뿌린 흙에

몸을 맡겨 사라져 버리는

그림자와 거래는

하지 않기를/

동지들 내게 용기를 주게

내 방 안 물건이라도 되는 듯

어둠이 내 주변을 날아도/

멈춰 세울 방도도 없고/

마음도, 아무것도/

말 한마디도, 아무것도/

말 한마디도 마음도 없고/

동무들/ 내 동지들

−〈노트 2〉 전문

1976년은 아르헨티나 국치의 해다. 이미 '그들은 내일 죽었으며, 그저께 죽을 목숨'이었다. 희생자들의 명예 회복을 위해, 그들의 서러운 영혼을 달래기 위해서라도 시인은 '날카로운 작은 칼로 76을 파내' 버리고 싶었을 것이다.

그리고 2000년 말, 우루과이에 입양되었던 외손녀 마리아 마까레나가 드디어 영화의 한 장면처럼 유전자 검사를 통해 20여 년 만에 외할아버지 후안 헬만과 조우하게 된다.

부에노스아이레스의 시내 중심에 위치한 대통령궁 정면에는 약

500평 남짓한 공원이 자리하고 있다. 이름 하여 '오월광장'. 지금
도 실종자 가족들은 머리에 흰 수건을 두르고서 자식을 돌려 달
라며 하염없이 침묵의 원圓을 그린다. 그녀들이 바로 5·18광주민
주화운동의 희생자가족모임인 우리의 '오월어머니회'의 모태인 아
르헨티나 '오월광장어머니' 회원들이다.

지난해 1월 초, 그곳에 들렀다. 오월광장어머니회 회원들과의 면
담을 위해서였다. 이어서 달려간 곳이 바로 부에노스아이레스의
신공항 부근에 위치한 군사학교(군정 시절엔 헌병대였다). 담벼락에
걸려 있는 설치예술품들. 젊은 희생자들의 이름이 빼곡히 적
힌……. 에칭으로, 판화로, 그림으로, 조각으로, 겉모양새야 어찌
되었든 당시의 참혹한 상황을 심장이 따갑도록 말해 주고 있었다.
그중에는 열네 살 소녀도 있었고, 열아홉 임신부도 있었다. 파코,
로돌포, 헤롤드, 디아나, 호테. 30여 년이 지난 지금, 그 설치물들
엔 벌건 녹이 끼어 있어 마치 피를 흘리고 있는 듯 담벼락을 지날
때는 음산한 기운마저 느꼈지만, 쇠붙이에 붙은 녹덩이가 어찌 그
들이 흘린 피보다 더 진할 수 있겠는가. 희생된 "파코 뿌리도 닦
아 주고/ 이파리도 닦아" 주기 위해서라도 시인은 살아남은 자들
에게 "그 어떤 것도 멈추게 할 수 없는" 혁명을 요구하고 있는 것
이다.

> 한 남자가 격렬히 한 여자를 원했고,
> 몇몇 사람이 보기에 좋지 않았다,
> 한 남자는 미칠 듯이 날고 싶었고,

몇몇 사람이 보기에 결코 좋지 않았다,

한 남자가 열렬히 혁명을 원했고

헌병대의 의견에 맞서

거기 있어야 했던 메마른 담벼락을 기어올랐다,

가슴을 열고, 제 심장 가까이의 것들을 꺼내 놓으며

한 여자를 격렬하게 흔들었다,

세상의 천장을 미친 듯이 날았고

그리고 민중은 깃발을, 태웠다.

–〈의견들〉 전문

멕시코는 스페인어권 망명 문인들에게 관대하다. 레온 펠리뻬, 가브리엘 가르시아 마르케스, 사울 이바르고옌, 그리고 후안 헬만. 세계적인 문인들이 멕시코에서 저작 생활을 했으며, 하고 있다. 모두 조국에서 추방당했거나 망명한 작가들이다.

헬만과 나와의 첫 만남은 1997년 어느 봄날, 나의 또 다른 친구, 우루과이 시인 사울 이바르고옌이 주간으로 있던 멕시코 엑셀소르신문사에서 이루어졌다. 1930년생 동갑내기인 두 사람은 익히 아는 바처럼 남미 출신의 대표적 저항 시인이다. 각자의 조국인 우루과이와 아르헨티나에 민주정부가 들어섰건만 앞서 말한 것처럼 아직도 그들은 멕시코에서 생활한다. 이바르고옌에게 그 이유를 물으니, 멕시코도 이만하면 자기 조국이 아니냐고 한다. 헬만에게 이유를 물으니, 답이 더 괴짜다. 멕시코엔 그가 사랑하는 여인이 있기 때문이란다. 저항 시인들의 답치곤 너무나 알량하다.

하지만 그들만의 여유 있고 이유 있는 저항 방식에서 우러나온 현답이 아닐까 한다. 바이올린 심장을 가진 친구, 후안 헬만을 위해 쓴 시 한 편을 덧붙인다.

지금쯤 아르헨티나에 있었으면 하는 자네에게 편지를 쓴다네
편지 여백에 암소 한 마리와 당나귀 한 마리를 그려 둠세
자네가 이 편질 읽을 즈음 암소의 젖에선 자네가 좋아하던
Alpura표
우유 냄새가 풍기고 유난히 크게 그려질 당나귀 귓바퀴에선
아, 에, 이, 오, 우
우리 시절의 인사가 성탄 종소리처럼 풀어졌으면 하네

아 참,
자네 침실 앞 쓸쓸한 망고나무를 위해 새 한 마리 그려 넣는 것도
잊질 않겠네 하지만 색칠은 자네가 하게
시절이
빨간색을 원하면 빨갛게
노란색을 원하면 노랗게
아님 그냥 편지지 색으로 두든지
그래도 자넨 파란색으로 칠할 걸세
색깔이 다르다고 새소리까지 다르겠냐는 등
엄살스런 군더더기까지 붙이며 말이야

참 자네 심장은 바이올린이랬지

언제 꽃 한 송이 자네 혈관 편으로 보내겠네 그 향기 또한 자네

가 정하게

손으로 만지는 향기

귀로 듣는 향기

눈으로 보는 향기

하지만 자넨 쉬 권태에 빠질 코를 위한 향기는 원치 않을 걸세

언젠가 페론의 마누라가

'아르헨티나여 나를 위해 울지 말지어다' 시건방 떨 때

자네의 눈은 아르헨티나를 위해 피눈물 흘렸고

자네의 입은 아르헨티나를 위해 또 울부짖었지

죽을 때도 서서 죽은 '체 게바라'처럼

천만 번 죽어도 결코 무릎 꿇지 않으리라……

결국 자네 심장이 켜 대던 음악으로 아르헨티나의 귀는 뚫리지

않았나

역시 자네 군더더기엔 질펀한 향기가 있네 그려

이제 조국 아르헨티나에서도 살 만하지 않느냐는 질문에

자넨 답했지 바이올린 심장을 뜨겁게 연주해 줄 여인이

더 이상 그곳엔 없다고……

더구나 연주회는 밤낮 열려야 한다고

친구여, 미구에 자네의 그 바이올린 심장을 나에게도 차용해

줄 수 없겠나

비록 연주해 줄 여인은 없지만

아무튼 이 편지는 아르헨티나로 갈 걸세. 잘 있게

2012년 겨울

바이올린 심장도, 연주해 줄 여인도
주위에 없는 친구, 광렬

군부 독재정권이 무너진 뒤 아르헨티나 정부는 헬만을 사면 복권시켜 준다. 1989년, 그의 귀국은 성대했다. 도처에서 몰려든 젊은 이들은 "유토피아는 시와 함께 온다"라는 현수막을 걸고선 거장의 귀국을 진정으로 환영했다. 아르헨티나 '국가시인 상'을 수상하는 자리에서 헬만은 "난, 시를 쓰지만 군인이다. 단지 비무장일 뿐. 모든 시인에겐 인류를 위한 보다 나은 길을 개척할 의무가 있다."라고 덧붙인다. 그러고는 수상의 영광을 군부독재 아래 희생된 아름다운 영혼들에게 돌린다는 말도 잊지 않는다.

손자에게 보내는 편지[1]

후안 헬만

이 편지는 1995년 4월, 자신의 손자가 우루과이에서 입양되었다는 사실을 아직 몰랐을 때 후안 헬만이 남자아이인지 여자아이인지도 알 수 없는 손자에게 쓴 것이다. 1998년 말이 되어서야 손자가 어딘가에 입양되었을 수도 있다는 사실을 알게 된 헬만은 1999년 훌리오 마리아 상기네티 우루과이 대통령의 도움을 받아 손자를 찾는 작업에 착수하게 된다.

여섯 달 후면 네가 열아홉이 되는구나. 1976년 10월 어느 날 수용소에서 넌 태어났을 테지. 네가 태어나던 해, 네가 태어나던 바로 그날 전후로 네 아버지는 채 일 미터도 떨어지지 않은 곳에서 정수리를 향해 발사된 총에 맞아 살해되었다. 네 아버지는 완전히 비무장인 상태였고 아마도 같은 해 8월 24일 너의 아버지와 어머니를 부에노스아이레스에서 납치해 아우토모토레스 오를레

---

1 _ 1998년 12월 23일, 우루과이 몬테비데오 주간지 〈브레차〉에 실린 글.

티 수용소로 데려갔던 그 군사령관이 직접 그를 살해했을 것이라고 생각한다. 네 아버지 이름은 마르셀로, 네 어머니는 클라우디아란다. 둘 다 스무 살이었고 그 일이 일어났을 때 넌 네 엄마 뱃속에서 7개월째 살고 있었어. 너를 막 낳으려고 하는 시점에 네 엄마를 너도 함께 다른 곳으로 옮겨 갔다더구나. 분명 혼자 외롭게, 독재에 협조하는 공범 의사의 눈앞에서 너를 낳았을 테지. 그러고는 너를 네 어머니에게서 떼어 내 경찰이나 군인, 판사나 아니면 그들의 친구 신문기자나 그런 자들 가운데 불임인 부부에게 보냈을 거야. 그 당시에는 수용소마다 대기자 리스트가 있었을 정도였다고 한다. 그 리스트에 이름을 올린 사람들은 아이를 낳는 여죄수에게서 그 아이를 훔쳐 갈 날만 손꼽아 기다렸겠지. 그리고 그 아이의 엄마는 대부분 아이를 낳은 직후 그 자리에서 살해되었고 말이다. 군부독재 정권이 종식된 지 이제 12년, 네 엄마에 대해 아무도 아무것도 모른다고들 했었다. 하지만 12년이 지난 후에야 군인들이 시멘트와 모래를 채워 산 페르난도 강에 내버린 200리터짜리 기름통에서 네 아버지의 시체가 발견되었다. 지금은 라 타블라다에 묻혀 있단다. 적어도 네 아버지에 대해서는 그 정도는 알게 되었어.

결코 네 부모가 되어 주지 못한 내 아들에 대해 네게 이야기를 하려니 아주 이상한 기분이 든다. 네가 남자인지 여자인지도 나는 모른다. 네가 태어났다는 사실만 알 뿐이지. 1978년 바티칸의 피오레요 카발리 신부가 그 사실을 확인해 주었다. 그 이후로 나는

늘 네가 어떻게 되었을까 속으로 묻곤 했다. 언제나 두 가지 상반된 마음에 괴로워했지. 한편으로는 네가 너를 훔쳐 낸 경찰이나 군인, 아니면 네 부모를 살해한 자들의 친구에게 "아빠"라고 부르며 살고 있을지도 모른다는 생각에 화가 치밀어 올랐었다. 하지만 또 다른 한편으로는 네가 어떤 가정으로 갔을지라도 널 잘 키우고 교육시키고 또 많이 사랑해 주었기를 바랐단다. 하지만, 아무리 그렇다고 해도 너를 키운 부모가 네게 베푸는 사랑에 아주 작은 틈이, 그러니까 작은 흠집이 분명 있을 거라는 생각을 떨쳐 버릴 수가 없었다. 그건 너를 키운 부모가 널 낳은 사람들이 아니어서 그런 건 아니야. 너를 키운 사람들은 분명 너의 이야기를 알고 있을 테고 어떻게 되었건 간에 네게 여러 가지 이야기를 꾸며 대고 둘러대야 했을 테지. 너에게 얼마나 많은 거짓말을 했을지…….

요 몇 년간은 널 만나면 어떻게 해야 할지 줄곧 생각해 왔단다. 너를 네가 살고 있는 집에서 데리고 나와야 할지, 네가 누구이고 어디에서 왔는지를 네게 알려 준다는 전제하에 내가 너를 만나고 너와 시간을 함께할 수 있도록 네 양부모와 의논을 해야 할지. 매번 나는 여러 가능성을 상상해 보았다. 아주 여러 가지 가능성. 혹시 〈오월광장 할머니회〉가 널 찾았더라면 어떻게 되었을까. 매번 다른 나이에 다른 방식으로 너를 찾게 되는 상상을 하곤 했다. 그러고는 이 모든 일을 이해하기에 네가 너무 어린 나이일 수도 있다고 염려했었지. 네가 부모라고 생각했던 사람들, 아니 네가 부모로 사랑했던 사람들이 왜 너의 부모가 아닌지를 네가 이해할 수 있을까. 이제 막 형성되고 있을 너의 주체성에 도끼질을 하고, 그 래서 양날의 칼처럼 너에게 상처를 입히게 되는 것은 아닐까 두려 웠다. 하지만 이제 넌 다 컸으니까. 네가 누구인지 알고 네게 일어 난 일들에 대해 어떻게 해야 할지 알 수 있을 테지. 〈오월광장 할 머니회〉가 있고 거기엔 정확히 과학적인 방법으로 실종자들의 사 라져 버린 아이들의 태생을 확인할 수 있는 데이터베이스가 있으 니까.

지금 넌 네 부모가 죽었던 때와 같은 나이겠구나. 그리고 이제 곧 네 부모보다 더 나이를 먹겠지. 네 부모는 영영 스무 살에 멈춰서 버렸어. 둘 다 너에 대해 꿈이 많았단다. 그리고 네가 살 만한 더 좋은 세상을 만드는 일에도 관심이 많았어. 네게 네 부모 이야기 를 해 주고 싶구나. 그리고 내게 너의 이야기를 들려주었으면 좋겠 다. 네게서 내 아들의 흔적을 찾고 또 네가 내 안에서 네 아버지 의 무언가를 찾아낼 수 있다면! 우린 둘 다 그 애를 잃은 고아들 이니까. 군사독재가 한 가족이라는 피붙이들에게 강요한 이 침묵 과 이 끔찍한 단절을 어떤 식으로든 다시 복구하고 싶으니까 말이 다. 네게 너의 이야기를 돌려주고 싶어서란다. 네가 버리고 싶지 않 은 것을 네게서 떼어 놓으려는 게 아니야. 아까도 말했지만 넌 이 제 다 컸으니까.

마르셀로와 클라우디아의 꿈은 아직 이루어지지 않았다. 네가 태 어났고, 어디에서 누구와 함께 살고 있는지 모르지만 그래도 살아 있다는 것, 그것만 빼고 말이다. 내 아들의 회색빛 도는 초록 눈을 가지고 있을까, 아니면 네 엄마의 따뜻하면서도 날카로운, 유난히 반짝이던 갈색 눈을 가지고 있을까. 또 네가 남자라면 어떨지, 여자라면 어떻게 생겼을지. 네가 그 알 수 없는 곳에서 걸어 나와 또 다른 수수께끼로 걸어 들어와 주면 좋겠구나. 널 기다리는 할아버지와의 만남 말이다.

1995년 4월 12일

후안 헬만, 23년 만에 실종되었던 손녀와 만나다[1]

헬만의 아들과 임신한 며느리는 1976년 부에노스아이레스에 서 실종되었었다. 수용소에서 태어난 손녀가 이제 23세, 몬테비 데오에서 거주하며 어제 처음 할아버지와 상봉했다.

－페르난도 부타쪼니/ 몬테비데오 특파원

아르헨티나 시인 후안 헬만의 실종된 손녀가 우루과이에서 출생 했고 몬테비데오의 가정에 입양되어 살고 있으며 어제 처음 할아 버지와 직접 대면했다고 언론이 밝혔다. 이 소식은 우루과이 대통 령 집무실에서 손녀와 처음으로 상봉한 시인과 우루과이 호르헤 바트예 대통령으로부터 직접 확인되었다. 또한 후안 헬만은 찾고 있던 손녀가 우루과이에서 출생하여 현재 우루과이에 살고 있으 며 부모의 사랑을 받고 있고, 본인도 부모를 사랑한다고 말한 것 으로 언론에 전했다.

1 _ 2000년 4월 1일, 아르헨티나 주요 일간지 중 하나인 〈끌라린(Clarin)〉에 실 린 기사.

어제 후안 헬만이 바트예 대통령을 통해 전해 들은 바에 따르면 시인의 며느리 마리아 클라우디아 이루레타고예나는 몬테비데오에서 여아를 출산했으며 그 아이가 현재 23세로 1970년대 우루과이 독재정부 시절 경찰직을 역임했으나 납치와는 관련이 없는 경찰공무원의 가정에 입양되어 현재 포시토 인근에 거주하고 있으며, 양부는 이미 사망한 것으로 확인되었다. 헬만의 아들 마르셀로와 그의 처는 1976년 8월 부에노스아이레스에서 납치되었고 그때부터 이들을 찾는 시인의 기나긴 투쟁이 시작되어 얼마 전까지 대통령직을 수행하던 훌리오 마리아 상기네티 전 우루과이 대통령에게 이 사건을 명확히 밝히라는 국제적 압력이 쏟아지기도 했다.

한 시간가량 지속된 어제 만남에는 헬만의 부인과 우루과이 내 시인의 법적대리인인 변호사 곤살로 페르난데스, 그리고 우루과이 대통령 비서실장 레오나르도 코스타가 배석했다. 확인되지 않은 정보에 따르면 시인의 손녀도 이 자리에 함께한 것으로 보인다. 사진사들과 카메라맨들은 30분 이상 문밖에서 대기 상태였고 대통령 집무실 관리에 따르면 시인은 감정에 북받쳐 잠시 쇼크 상태였던 것으로 알려졌다.

리포터들이 대통령 집무실로 들어갔을 때에는 바트예 대통령 왼쪽 옆자리에 앉은 시인의 눈시울이 확연하게 붉어져 있었고 바트예 대통령은 미소를 지으며 시인이 선물한 책들을 양손에 들고 있었다. 언론과 짧은 시간 함께한 자리에서 시인은 손녀 문제에 대해서는 더 이상 알려 줄 의향이 없으며 그 문제에 대해 언론에 밝히지 않겠다고 공식 선언했다. "마침내 여기까지 왔습니다."라고 말하면서 후안 헬만은 손녀에 대해 "무엇보다도 이 사람의 사생활과 개인의 자유를 보호하는 데 최선을 다하겠다."고 말한 것으로 알려졌다.

출전

바이올린과 다른 문제들(1956)
   −묘비명
   −어느 실직자의 기도
   −너에 대한 내 소망, 그 사막에 나는
    불구처럼 앉아 있다

우리가 하는 게임(1959)
   −사랑의 부재
   −기도
   −가을의 등장
   −우리가 하는 게임
   −경계선
   −신원 증명, 인적 사항
   −지금은

홀로 상갓집 밤샘에서(1961)
   −그것
   −도둑
   −사랑 공장
   −사진들
   −시학

고탱(1963)
   −파리에 닻을 내리다
   −내 사랑 부에노스아이레스
   −의견들
   −최후
   −고탱
   −삶에 이끌린 한 여자 한 남자…

거세된 소의 분노(1965)

    -습관

    -망각 속에서 나는 쓴다…

    -아는 게 별로 없다

    -세 피니

    -저널리즘

    -업무

    -또다시 5월

    -그렇다 그렇다

    -이제 그만…

    -질문들

    -칼

    -편지

    -지금 우나?

    -모든 시는 자본주의에 적대적이다

    -노래

    -분명 난 죽을 테고…

    -잠잠해지는 사랑은, 끝나는 건가?

    -협박과 약속으로 독약과 쑥으로

관계들(1980)

    -확신

    -분노

인용과 코멘트(1982)

    -코멘트 1

    -코멘트 11

낯선 빗줄기 아래서(1984)

    -XVI

단절 I(1986)

    -노트 1

　　　　—노트 2
　　　　—노트 5
　　　　—노트 9
　　　　—노트 12

단절 Ⅱ(1988)
　　—진정한 지옥
　　—지금
　　—경제는 과학이다
　　—문 門
　　—비

디바우(1994)
　　　—네 두 눈은 얼마나 아름다운지…
　　　—널 사랑하는 건 이런 것…
　　　—넌 나무들과 얘길 나눈다…

불완전하게(1997)
　　　—새 한 마리 날다가 그만둔다…
　　　—현실은 죽음에 입 맞추는…
　　　—당신의 쾌활함에는 죽음을…
　　　—말하는 걸 침묵시키는 말은

해 볼 만해지기(2001)
　　—파고들어가
　　—알다
　　—귀환
　　—카툴루스
　　—바퀴들

예전의 그 나라가 앞으로는(2004)
　　—바퀴

성초림

한국외국어대학교 통역번역대학원 한서과를 졸업하고, 동 대학교에서 스페인 초현실주의 시인 라파엘 알베르티에 관한 연구로 박사 학위를 받았다. 1956년 노벨문학상 수상자인 스페인 시인 후안 라몬 히메네스의 《플라테로와 나》를 비롯해 《키다리 베르타》, 《소년 기사 세바스티안》, 《제로니모의 환상 모험》 시리즈를 우리말로 옮겼으며, 소설가 이순원의 《해파리에 관한 명상》, 김채원의 《가을의 환》, 박현욱의 《아내가 결혼했다》, 김영하의 《빛의 제국》을 스페인어로 번역했다. 스페인어 동시통역사 및 번역가로 일하면서 대학에서 강의를 하고 있다.

새 한 마리 내 안에 살았지

1판 1쇄 인쇄 2012년 12월 15일
1판 1쇄 발행 2012년 12월 21일

지은이 후안 헬만 옮긴이 성초림
펴낸이 고세규 펴낸곳 문학의숲
신고번호 제300-2005-176호 신고일자 2005년 10월 14일

주소 서울 마포구 동교로13길 34(121-896)
전화 02-325-5676 팩스 02-333-5980
이메일 bjbooks@naver.com
홈페이지 www.godswin.com

ISBN 978-89-93838-32-9 04870
    978-89-93838-26-8 (세트)